MARINA COLASANTI

CRÔNICAS PARA JOVENS

Seleção, Prefácio e Notas Biobibliográficas
ANTONIETA CUNHA

© 2022 by Marina Colasanti

1ª Edição, Global Editora, São Paulo 2012
5ª Reimpressão, 2025

Jefferson L. Alves – diretor editorial
Flávio Samuel – gerente de produção
Antonieta Cunha – seleção
Cecilia Reggiani Lopes – edição
Arlete Zebber – coordenadora editorial
Elisa Andrade Buzzo – assistente editorial
Tatiana Y. Tanaka – revisão
Marcos de Paula/Agestado – foto de capa
Eduardo Okuno – projeto gráfico e capa

CIP BRASIL Catalogação na fonte
Sindicato Nacional dos Editores de Livros, RJ

C65m

Colasanti, Marina, 1937-
   Marina Colasanti : crônicas para jovens / Marina Colasanti ; seleção, prefácio e notas biobibliográficas Antonieta Cunha. – 1. ed. – São Paulo : Global, 2012.

   (Crônicas para jovens)
   Inclui bibliografia
   ISBN 978-85-260-1755-9

   1. Colasanti, Marina, 1937 – Literatura infantojuvenil 2. Crônica brasileira 3. Literatura infantojuvenil brasileira. I. Cunha, Antonieta. II. Título. III. Série.

12-6144   CDD: 028.5
                                                      CDU: 087.5

Obra atualizada conforme o
NOVO ACORDO ORTOGRÁFICO DA LÍNGUA PORTUGUESA

global editora

Global Editora e Distribuidora Ltda.
Rua Pirapitingui, 111 – Liberdade
CEP 01508-020 – São Paulo – SP
Tel.: (11) 3277-7999
e-mail: global@globaleditora.com.br

(g) grupoeditorialglobal.com.br   (📷) @globaleditora
(💬) blog.grupoeditorialglobal.com.br   (in) /globaleditora
(f) /globaleditora   (♪) @globaleditora
(▶) /globaleditora   (X) @globaleditora

Direitos reservados.
Colabore com a produção científica e cultural.
Proibida a reprodução total ou parcial desta obra sem a autorização do editor.

Nº de Catálogo: **3278**

MARINA COLASANTI

CRÔNICAS PARA JOVENS

BIOGRAFIA DA SELECIONADORA

Maria Antonieta Antunes Cunha é doutora em Letras e mestre em Educação pela Universidade Federal de Minas Gerais (UFMG). Professora aposentada da Faculdade de Letras da UFMG, hoje coordena cursos de especialização da Pontifícia Universidade Católica (PUC-MG). Editora e pesquisadora na área de leitura e literatura para crianças e jovens, tem planejado, coordenado e executado vários projetos nesse campo, entre eles, o Cantinhos de Leitura, da Secretaria de Estado da Educação de Minas Gerais, adotado posteriormente em vários estados brasileiros. Foi a criadora e a primeira diretora da Biblioteca Pública Infantil e Juvenil de Belo Horizonte. Tem mais de trinta livros publicados, entre didáticos e de pesquisa. Por dois mandatos, foi presidente da Câmara Mineira do Livro. Foi secretária de Cultura de Belo Horizonte, de 1993 a 1996, e presidente da Fundação Municipal de Cultura de Belo Horizonte, de 2005 a 2008.

A CRÔNICA

Muito provavelmente, a crônica, se não é o gênero literário mais apreciado, é o mais lido no Brasil. Ela leva, sobre os outros, a vantagem de se apresentar normalmente em jornais e revistas, o que aumenta enormemente seu público potencial. Outro ponto que conta a favor da crônica, considerando-se o público leitor em geral, é que ela é uma composição curta, uma vez que o espaço no jornal e na revista é sempre muito definido.

Mas essas mesmas características podem pesar contra a crônica: em princípio, ela é tão descartável quanto o jornal de ontem e a revista da semana passada, seja pela própria contingência de aparecer nesses veículos, seja pelo fato de, na maioria dos casos, correr o risco de não se constituir como página literária. Vira "produto altamente perecível", e realmente desaparece, a não ser em casos especiais: um fã ardoroso, que coleciona tudo do autor; um assunto palpitante para o leitor, que recorta e guarda o texto com cuidado; o arquivo do periódico...

Se o autor tem lastro literário e é reconhecido como escritor, crônicas suas, consideradas mais significativas, pelo assunto e pela qualidade estética, são selecionadas para virar livro – como é o caso deste que você começa a ler.

Digamos, ainda, que muitos consideram este um gênero literário tipicamente brasileiro, pelo menos com as características que assumiu hoje, e que conseguiu uma façanha: introduzir no cenário literário nacional um autor que só escreveu crônicas – Rubem Braga. Outros cronistas, antes e depois dele, eram ou são reconhecidos romancistas, poetas, ou dramaturgos, como Machado de Assis, Rachel de Queiroz, Loyola Brandão, Olavo Bilac, Cecília Meireles, Paulo Mendes Campos,

Carlos Drummond de Andrade, Ferreira Gullar, Affonso Romano de Sant'Anna, Alcione Araújo, Nelson Rodrigues...

Mas a crônica cumpriu uma longa trajetória até chegar ao que é, nos dias de hoje, no Brasil.

Inicialmente, na Idade Média e no Renascimento, o substantivo "crônica" designava um texto de História, que registrava fatos de determinado momento da vida do povo, em geral com o nome de seu governante, rei ou imperador. (Afinal, sabemos que a História, sobretudo a mais antiga, narrava os fatos do ponto de vista do vencedor.) E – claro! – essas crônicas não apareciam em jornais ou revistas: contavam basicamente com os escrivães dos governantes. Assim, temos a *Crônica de Dom João I*, a *Crônica de Portugal de 1419*.

Esse sentido histórico da palavra pode aparecer, eventualmente, como recurso literário, usado pelo autor para fazer parecer que está escrevendo História. Convido você a conhecer dois belos exemplos disso em obras que já se tornaram clássicos da literatura mundial: a novela *Crônica de uma morte anunciada*, do colombiano Gabriel García Márquez, e o romance *A peste*, do francês Albert Camus.

No Brasil, a crônica nos periódicos veio importada da França, ainda nos meados do século XIX, cultivada por escritores como Machado de Assis, José de Alencar e Raul Pompeia, que no jornal escreviam folhetins (romances em capítulos) e crônicas. E acredite: a crônica era sisuda nesse tempo, e o folhetim era considerado "superficial", de puro entretenimento.

Como página séria, pequeno ensaio sobre temas políticos, críticas sociais, reflexões, durou por muito tempo, embora, aqui e ali, aparecesse algum traço embrião do(s) estilo(s) da crônica atual.

É a partir da metade do século XX, com autores consagrados, como Vinicius de Moraes, Millôr Fernandes, Otto Lara Resende, entre outros já citados, que o gênero adquire, definitivamente, uma identidade brasileira, com o uso "mais nacional" da língua portuguesa, e possibilitando, liberdade quase absoluta, qualquer recorte que desejar dar-lhe seu autor.

De fato, observados os limites impostos pelo suporte em que aparece, a crônica torna-se um gênero onde cabe tudo – inclusive outros gêneros: casos, cartas, pequenas cenas teatrais, poemas, prosas poéticas, imitações da Bíblia, diários etc. Nela, cabem também todas as abordagens, todos os tons, do lírico ou dramático ao mais refinado humor ou escancarado deboche.

Daí, talvez, o encantamento do leitor pela crônica: dificilmente ele não encontrará, no gênero, a forma e o tom literários que prefere.

No caso das crônicas de Marina Colasanti, autora que tem preferência pelos textos curtos e que viveu muito tempo dentro da redação de jornais e revistas, você encontrará o cotidiano filtrado pelo olhar sensível de uma contista e poeta premiadíssima, que ora se diverte, ora se enternece, ora denuncia, sempre convidando seus leitores a reinterpretar a vida.

Antonieta Cunha

SUMÁRIO

Marina Colasanti, surpreendente e iluminada 15
De todo modo, a natureza..................23
De mavioso encanto 25
Porque não era uma folha morta 27
A muralha e o bem-te-vi 29
As hortênsias, a água-viva e o cavalo 32
A morte sorrindo com dentes pequenos 35
O olhar feminino 37
Em mal traçadas linhas 39
Os últimos lírios no estojo de seda 41
No trânsito, um amor 43
A náufraga 46
Porque amanhã é o dia 49
Esses homens incríveis e suas mães maravilhosas 52
Maridos & esposas 55
Curtindo caretice 57
Pode ficar tranquilo, pai 59
Um almoço ao redor da fogueira 61
Até que a tesoura nos separe 63
Questões incômodas 67
De quem são os meninos de rua? 69
Eu sei, mas não devia 72
Uma pergunta que nos cabe responder 74
Quando o homem é o lobo da mulher 76
A pescaria do deputado 79
Alguns outros amores 83
Um gesto 85

CLARICE, PERTO DO CORAÇÃO 87
O AMOR ETERNO PASSEIA DE ÔNIBUS 90
ÚLTIMA CONVERSA COM OTTO..93
BIBLIOGRAFIA...97

MARINA COLASANTI, SURPREENDENTE E ILUMINADA

Conheci Marina na década de 1980, quando a levei a Belo Horizonte para falar a alunos do Ensino Médio e de universidades mineiras. Desde então, nos encontramos com frequência, em situações bem diversas: de rápidas conversas em aeroportos à festa do Prêmio Jabuti de 2010, onde ela foi a ganhadora na categoria Poesia, passando por seminários e outras reuniões. E ela é sempre igual no sorriso largo e no acolhimento, e sempre diferente, com alguma surpresa escondida no relato da última viagem, ou na observação em torno de algum acontecimento recente.

Quando fui encontrá-la em sua casa, no Rio de Janeiro, para fazer uma entrevista exclusiva para os leitores desta antologia de crônicas, já contava com a acolhida e com as surpresas. Mas ela se superou!

Antes de trazer a vocês, leitores, o melhor dessa conversa, gostaria de situá-los quanto a nossa autora.

Marina Colasanti, filha de pais italianos, nasceu por acaso numa colônia italiana do nordeste da África, na cidade de Asmara, capital da Eritreia. De volta à Itália com seus pais, ali ficou até a família mudar-se para o Brasil, em 1948, três anos depois do término da 2ª Guerra Mundial. Do que a menina lembra da guerra há muitas crônicas, poemas e um livro de memórias recém-publicado: *Minha guerra alheia*.

Aqui construiu uma das mais sólidas carreiras literárias – é tradutora e autora premiada, no Brasil e no exterior, de contos, crônicas, poesia, sem falar nos inúmeros prêmios escrevendo para crianças e jovens. Mas também como publicitária recebeu mais de vinte prêmios, e, atuando como jornalista em revistas, jornais e na televisão, teve, além de prêmios, o reconhecimento do público e da crítica sobretudo como especialista nas questões do feminismo, assunto sobre o qual ela nos fala de uma forma deliciosa na entrevista.

No final deste volume há uma extensa relação de suas obras, na qual os leitores mais exigentes vão encontrar uma escrita refinada, mas sem qualquer rebuscamento ou pedantismo.

A tudo isso, junte-se o talento para as artes plásticas (ela fez curso de Professorado de Desenho na Escola Nacional de Belas Artes, e se especializou em gravura em metal), além de outros, que vocês vão conhecer lendo sua entrevista.

Vamos então a ela!

AC – Marina, vários excelentes cronistas confessam que o gênero crônica não é sua primeira opção literária e que escrevem crônicas muitas vezes para melhorar sua renda. Você, ao contrário, parece ter uma relação diferente com o gênero, o que deixou claro no prefácio de um livro. A alegria declarada continua?

Marina – Eu a-do-ro escrever crônicas! Faço isso com alegria, ainda que, para mim, ela seja sempre um sacrifício de outras produções: é que passo a semana antenada, procurando o assunto que me daria elementos para uma boa crônica. Você fica com a alma empenhada. Com isso, eventualmente, perde a leveza necessária para fazer as outras coisas. Mas a crônica é um espaço muito importante, porque você procura nela um outro olhar, diferente da rapidez com que lê o jornal. Tenho de dizer, também, que, vendo minhas crônicas ao longo do tempo, acho os textos dos primeiros anos mais leves, mais soltos. As crônicas saíam mais rápidas. Eu era muito jovem, e não tinha consciência da responsabilidade social de ocupar um espaço num jornal ou revista. Hoje, levo muito mais tempo para criar uma crônica. Mas o prazer sempre foi o mesmo.

AC – Ainda no campo da crônica, há também grandes cronistas que a consideram, por definição, um gênero que não permite burilamentos nem grande pretensão estética. No entanto, a sua crônica não é muito diferente de outros textos seus, e é perceptível o cuidado com a palavra, com um resultado estético interessante. O que tem a dizer sobre isso?

Marina – Tenho mesmo esse cuidado, simplesmente porque não sei fazer diferente. Brincam comigo que eu falo "por escrito". De todo modo, penso que a palavra não é um acaso, é uma escolha. A mesma palavra pode ser um tédio ou uma surpresa. Eu prefiro sempre a surpresa. Tenho pavor do lugar--comum, das fichas prontas. É o que acontece com as crianças: elas não usam o lugar-comum, elas inventam a linguagem.

AC – A impressão que temos, por causa desse prazer, desse exercício de observação, é que você tem muito mais crônicas do que as publicadas em livro.

Marina – Não são tantas, porque na Abril, por exemplo, onde trabalhei por dezoito anos, eu fazia artigos, textos mais longos. Além disso, eu era muito descuidada, não guardava meus textos. Agora, guardo todos, até por causa da facilidade oferecida pelo computador.

Por outro lado, muitas das crônicas eram "datadas", referiam-se a acontecimentos do dia, e elas envelhecem, perdem o sentido depois de algum tempo, e são excluídas da seleção para uma antologia.

Volto à análise das primeiras crônicas: elas me parecem muito mais criativas, explosivas, enquanto, com a idade e o conhecimento, as crônicas mais recentes fazem muito mais *links*, criam relações com um livro, um filme, lembranças que estão no nosso disco rígido (que, graças a Deus, no nosso cérebro não é nada rígido, é macio). Isso pode ser rico, mas pode ser pesado.

AC – Em vários momentos você tem mencionado certo preconceito para com as escritoras. Você pode explicar como se dá isso?

Marina – Essa questão está ligada à discussão da existência ou não de uma escrita feminina. Há escritoras que asseguram não haver essa escrita. Eu acho que, sim, ela existe, e isso não se refere apenas às palavras, mas ao olhar, ao sentimento feminino da vida. A narrativa *A mão na massa*, de que você gosta tanto, é um exemplo disso: acabava de fazer um bolo, quando notei que as minhas unhas estavam cheias de massa, eu cheirava a massa. Daí a imaginação voou para criar essa história.

Para mim, outro exemplo dessa escrita vem se mostrando sobretudo na poesia, onde a mulher começa a escrever o erótico, e de uma maneira muito diferente da masculina. Os poemas eróticos femininos expressam sensações outras, distintas das masculinas, e me parecem muito mais "fora dos trilhos" do que os criados pelos homens.

Com relação ao preconceito com a produção literária feminina, acho que tem a ver também com o mercado: pode ser uma disputa de espaço. Apesar de as mulheres lerem mais, lerem mais literatura e poesia, elas são muito menos publicadas e são muito menos cultuadas do que os poetas. Cecília Meireles não é menor do que Mario Quintana e tantos outros, mas é muito menos reconhecida e editada.

Temos de lembrar que a palavra é poder, e, se a mulher começa a escrever muito, ela se torna ameaçadora.

AC – Você acha que no Brasil a situação é essa mesma?

Marina – Bem, não só no Brasil como na América Latina os avanços costumam demorar mais a chegar. Mas o panorama vai mudando aos poucos.

AC – Ainda falando de campo, pode ser desconcertante para muitos o fato de uma lutadora pelos direitos da mulher não ser a representação do feminismo: você gosta de cozinhar, costura, borda, adora cuidar das "coisas da casa".

Marina – É que sou encantada com o feminino. A presença da mulher na história do mundo é muito bonita. Enquanto cabia ao homem caçar e fazer guerra, à mulher cabia fazer tudo o mais: cuidar dos velhos e dos filhos, catar sementes. É uma vida múltipla, como é ainda hoje, daí sua capacidade de doação, seu olhar atento sobre o outro. O que o feminismo sempre repudiou foi o feminino imposto, construído fora de nós. Por isso, para mim, o feminismo não pode ser a negação do feminino, mas o reconhecimento desse lugar específico da mulher no mundo.

AC – Você acha que o fato de a literatura para crianças ter sido durante muito tempo entregue às escritoras tem a ver com o preconceito em relação às mulheres, de que falamos há pouco?

Marina – Acredito que sim. Veja que, na prática, a literatura para crianças era uma coisa semidesprezível. As crianças contavam pouco, da mesma forma que as pessoas que se relacionam com elas. Veja o caso das professoras de crianças. Aqui, são as mais mal pagas. Assim, como a literatura para esse público não tinha importância, ficava liberada para as mulheres. Quando a literatura para essa faixa passou a ser um bom negócio, muitos autores foram chamados a escrever para crianças. E muitos são ótimos, também escrevendo para crianças.

AC – Com relação à literatura para crianças, você põe à prova uma teoria minha: defendo a ideia de que quem escreve para crianças sabe para quem está escrevendo, embora muitos autores afirmem que não escrevem para crianças e que a definição do público é uma questão posterior à criação. Pois você cria uma dificuldade na minha teoria, porque sua obra tem, na minha opinião, os limites mais tênues entre o infantil e o adulto.

Marina – O que posso dizer é que escrevo para crianças, e sei disso, da mesma forma que sei quando escrevo para jovens. Mesmo não sabendo quem é exatamente o leitor, se ele vai ou não entender minha literatura, não faço concessão à criança ou ao jovem. A história exige isso de mim. *Penélope manda lembranças*, por exemplo, é para mim uma obra para jovens porque o gesto de amor que faço na história eu não faria, se estivesse escrevendo para adultos: é o jovem que procuro levar para dentro da narrativa.

AC – Outro ponto importante de sua carreira é a diversidade de campos de atuação. Vai do jornalismo à publicidade, na literatura trabalha gêneros muito diferentes, além de criar ilustrações para seus textos. Como administra tudo isso?

Marina – O que acontece é que eu não gosto de comprar pronto, eu gosto de fazer. Prefiro fazer comida, tricô, crochê. Já experimentei até fazer sandália, e garanto que, se precisar, não fico descalça. Na minha vida não cabe tédio. Ir de um gênero a outro é também um jeito de manter o frescor da escrita, evita a repetição. A repetição me empobrece. Não aceito bem receitas – você já sabe. Aos 73 anos, acabo de fazer uma narrativa longa, coisa que nunca tinha feito. Essa narrativa retoma minha infância, mas não é um livro de memórias. O que me interessava era relatar como se vive numa guerra. Para mim, escrever esse livro foi uma festa. Mudar de língua, de continente, viajar, tudo me alimenta muito.

AC – O que escolhe como lazer, atualmente?

Marina – A vida, ora! Não preciso eleger um lazer. Viajo muito, e em nossa casa, em Friburgo, vivo intensamente a natureza – o que para mim é fundamental. Lá costuro, leio e escrevo, faço compras. Tudo isso para mim é divertido. Lazer, para mim, é entrar em outro ritmo.

AC – E as suas leituras?

Marina – Leio muito desordenadamente. Leio jornal, todos os dias. Leio livros que meus amigos me enviam, leio para me preparar para palestras e mesas-redondas. Quando estou escrevendo contos de fadas, leio muito mitologia. Enquanto escrevia *Minha guerra alheia*, li muito sobre a 2ª Guerra Mundial. Quanto à literatura, gosto especialmente de ler contos e literatura fantástica. O realismo, para mim, é entediante.

AC – Você é casada com um dos maiores poetas brasileiros. Ambos são premiadíssimos, ambos respeitados como intelectuais. Vocês leem os textos um do outro, enquanto estão criando? Um opina sobre a escrita do outro?

Marina – Sempre. Não nas crônicas, mas nos livros, sempre. Com direito a sugerir, fazer marcas. O título de *Minha guerra alheia*, por exemplo, foi sugestão de Affonso, depois de imaginarmos mil títulos. Já fizemos livro juntos, sobre nossa viagem a Moscou, e foi uma ótima experiência. Isso é uma sorte, certamente. Nunca estivemos em situação de competição. Quando nos conhecemos no *Jornal do Brasil*, nós dois já tínhamos uma carreira estabelecida. Fazemos uma boa dobradinha – ele, grande crítico, professor universitário, e eu, mais intuição e sensibilidade.

AC – Marina, você sabe que esta entrevista vai ser publicada numa antologia de crônicas suas para jovens. O que você gostaria de dizer a esses leitores?

Marina – Não sei o que diria a eles. Preferiria que eles me fizessem perguntas sobre minhas crônicas, meus escritos. Gostaria mais ainda que minha literatura os ajudasse a fazer perguntas a si mesmos e descobrir seus caminhos, numa época em que ser jovem parece mais difícil do que em outros tempos.

DE TODO MODO, A NATUREZA

DE MAVIOSO ENCANTO

Eu vi um beija-flor.

De manhã reuni a família ao redor da mesa do café e disse: Gente, vou contar uma coisa importante e vocês precisam acreditar em mim. Hoje, enquanto vocês dormiam, vi um beija-flor no terraço.

Foi assim. Era de madrugada e acordei chamada pela sede. Mas o dia me pareceu tão novo que parei para olhar. E de repente, lá estava ele tecendo entre as flores a rede de seus voos. Um beija-flor de verdade em 1972, um beija-flor vivo numa cidade de 6 milhões de habitantes.

Ficaram pasmos. Mas me amavam e acreditaram em mim. Minha filha pediu que o descrevesse, pediu que o desenhasse e que o pintasse com todas as cores dos seus lápis. Meu marido comoveu-se, eu era uma mulher que tinha visto um beija-flor, e era dele. Beijou-me na testa. As domésticas foram convocadas para participar da alegria, mas, pessoas de pouca fé, se entreolharam descrentes. As amigas às quais telefonamos me deram parabéns; afinal, eram amigas. A novidade habitou minha casa.

A notícia correu. Verdade, Marina, que você viu um beija-flor? E eu modesta mas banhada de graça, verdade. Ligaram do jornal. Alô, Marina, a que horas? Que cor? De que tamanho? E você tem certeza? Alguém mais viu? Olha gente, não quero fazer declarações. Sei que parece estranho, mas eu vi. A hora não sei bem, nem o tamanho, não medi. Sei que era um beija-flor feito os de antigamente, com asas, bico, tudo. Um beija-flor de penas. Fotos? não tenho, não falei com ele.

Vieram ver o terraço, mediram tudo, controlaram os ventos, aspiraram as flores. E chegaram à conclusão de que não, não era possível, nenhum beija-flor havia estado ali.

No colégio começaram a zombar da minha filha. Foi preciso falar com a professora. E uma vez mais contei que tinha visto. Sim, no alto do terraço, de madrugada, sugando as flores.

E por que a senhora tem flores no terraço? Contava, evidentemente, atrair beija-flores, ou, quem sabe, outros seres. Há quanto tempo vem guardando sementes e efetivando transplantes? Tem licença?

As flores, bem, sempre gostei, o cheiro me fascina.

Fascina? o cheiro? Aspira com frequência? Desde criança? Costuma ter visões, ou esta é a primeira?

Alô, Marina, olha, querida, estou chamando para te dizer que infelizmente aquele nosso jantar não vai dar pé. Um compromisso. Sinto muito, querida, mas fica pra outra vez.

Quer dizer então, que a senhora viu um beija-flor no terraço. Um colibri?

A babá demitiu-se. Meu pai me convidou para passar uma temporada com ele na fazenda. Meu marido resolveu aceitar a bolsa de estudo que há muito recusava. Minha filha afastou-se do colégio.

Eu sei, querida, que você viu um beija-flor no terraço. E eu te amo muito. Mas você tem certeza?

Doutor. Eu preciso que o senhor me acredite. Era de madrugada e o dia vinha tão novo que parei para olhar, e lá estava ele, eu vi um unicórnio no meu terraço, voando de flor em flor, cantando com sua voz maviosa.

PORQUE NÃO ERA UMA FOLHA MORTA

Havia uma folha morta no peitoril da janela do meu quarto, entre a vidraça e os gerânios. Uma folha escura. E indo regar as plantas, quis limpar aquele espaço e empurrei de leve com a pazinha de jardinagem. Mas havia um peso na folha, uma densidade mole que não sendo resistência também não era entrega. E olhando mais atentamente vi que dela uma extremidade se alongava para um lado, e que na ponta daquele prolongar havia filamentos que, sim, olhando mais de perto, sim, eram pequeníssimas garras. E aquilo que havia visto como pedúnculo pareceu-me uma breve cauda.

Tomada de súbito asco percebi que não era uma folha morta, era um morcego.

Todos os morcegos da infância pareceram esvoaçar ao meu redor. E fui de novo menina de camisola num quarto grande de paredes claras, olhando fascinada o longo bambu que uma mulher agitava enquanto a negra forma alada tentava escapar com rápidos desvios. Só um bambu que gira, havia aprendido para sempre, anula o radar do morcego e pode abatê-lo.

Quando foi que aprendi, como toda mulher aprende, que nos cabelos longos o morcego se enreda e se debate? Quem me disse que para livrar a mulher é preciso cortar-lhe os cabelos? Nunca mais cabelos soltos ao entardecer, quando no jardim ou à porta de casa olhava as silhuetas em revoada contra o céu já quase escuro, nunca mais cabelos sobre os ombros sem que a mão deslizasse a dar-lhes nó.

Nas grutas da minha infância, morcegos pendentes no alto, sempre mantive o passo leve para que nenhum daqueles casulos despertasse alertando os outros com seus guinchos.

Fascínio e medo pareciam ligar-me àquelas criaturas adormecidas que me ignoravam.

Um morcego sugou durante a noite o sangue do cavalo. Na manhã seguinte, entrando com meu pai na cavalariça, vi a ferida brilhar no pescoço do animal, e não era orvalho o que escorria. Se o morcego ousava na carne de animal tão grande, o que impediria que buscasse o meu pescoço? Durante várias noites dormi com a cabeça debaixo do lençol, sem que as venezianas fechadas bastassem para me tranquilizar.

O tempo passou e não fui mais menina. "Socorro!", gritaram uma noite minhas filhas. "Tem um morcego no quarto!", e estavam de camisola, com os longos cabelos soltos.

Agora, em pleno dia, diante daquela folha que folha não é, não grito por socorro mas vou até meu marido e peço, com os dentes presos de desconforto e a pele oprimida pelo asco: "Por favor, me ajuda, tem um morcego no quarto."

O morcego está ali e não se move. Mas está vivo. Respira. Aos poucos, aquele mínimo respirar desfaz em mim a imagem desde sempre acumulada. Não é mais um morcego repugnante o que vejo sobre o mármore, mas uma criatura pequena e ferida que luta para sobreviver. E uma enorme compaixão me invade.

Está ao sol, logo ele que não o suporta. Com certeza, entrou ontem à tardinha, debateu-se buscando a saída, feriu-se, e ficou ali, preso, enquanto fechávamos a janela e ligávamos o ar-condicionado. Sem ter como escapar, viu a noite afastar-se e lentamente entregá-lo a seu pior inimigo. A delicada arquitetura das asas transformou-se no trapo que agora o envolve. Ele sofre, há muitas horas sofre e tem medo. "Morcego, morcego", murmura meu coração, "perdoe o nojo, perdoe o desamor". Meu afeto o embala e acaricia, embora eu própria não o faça para não aumentar-lhe as dores. Meu afeto lhe diz coisas ternas para ajudá-lo a morrer ou a voar, enquanto, com cuidado, meu marido o liberta e lhe abre a janela.

A MURALHA E O BEM-TE-VI

Eu ia escrever sobre a Grande Muralha da China. Mas no meu terraço um casal de bem-te-vis veio fazer o ninho. E olhando esse pequeno e delicado fazer, esse fazer antigo como o mundo, de um casal e sua casa, as coisas grandiosas e sólidas me parecem subitamente menos grandiosas e menos sólidas.

Eu ia dizer que no século XIV os chineses ergueram a Grande Muralha para se defenderem dos invasores. E que no século XX, quando já estava destruída, a reergueram – embora parcialmente – para atraí-los. E que agora os invasores estão lá, diariamente. Não tártaros, não vizinhos apenas, mas invasores vindos do mundo inteiro, armados com suas máquinas fotográficas, multidão reverente e compacta que marcha naqueles muitos metros e galga aqueles muitos degraus, sem lugar para chegar ou ponto para conquistar, mas apenas para caminhar sobre a história.

Eu ia contar que a muralha é larga e sólida, mais do que eu havia imaginado, embora tantas vezes a visse fotografada. Ou melhor, que estando em cima dela, por tão larga e sólida, mais que muro pareceu-me castelo, e não me senti em equilíbrio entre uma coisa e outra, entre uma e outra terra, como me sentiria no alto de qualquer muro, mas firme, em terra própria com sua vida e nome.

Eu ia até fazer uma gracinha e dizer que por isso, e apesar de tão grande, a muralha não serve para abrigar políticos hesitantes. Mas o bem-te-vi chama lá fora. E, ao mesmo tempo que escrevo sobre os antigos construtores da China, olho esse construtor que pelo terceiro ano consecutivo vem fazer de palha e fiapos um ninho capaz de resistir ao mais forte vento sudoeste, e ele me parece tão antigo quanto aqueles. E mais sábio.

Que vento sopra sobre a Grande Muralha? Eu o senti nos cabelos, querendo quase levar o chapéu cônico de bambu trançado que havia comprado antes de subir. Mas sem saber-lhe o nome e sem rosa dos ventos para me orientar, tive que deixá-lo passar no anonimato. Com certeza, porém, era o mesmo vento que fustigava as costas das sentinelas quando se debruçavam para procurar no horizonte a presença dos tártaros. E também o mesmo que havia recebido Qin Shi Huang no ano 221, quando, unificando a China, uniu as antigas muralhas construídas pelos senhores feudais. E o mesmo ainda que no século VII a.C. mordia os dedos dos servos que carregavam as pedras levantando o muro dos senhores. E o mesmo, sempre o mesmo, que soprava naquelas encostas antes que muralhas cortassem seu perfil. Os ventos são mais constantes que os homens.

O bem-te-vi chama. Mas, se vou ao terraço, mergulha em voo rasante sobre a minha cabeça, fazendo um ruído seco que não sei se de bico ou garganta. Defende o ninho, onde imagino que a fêmea já tenha posto os ovos. Durante alguns dias ninguém poderá se aproximar. Um bem-te-vi não levanta muralhas, mas igualmente marca seu território e o protege do alto. Um bem-te-vi é sua própria sentinela. E, quando dá o alarme, não é para chamar os da sua espécie, mas para intimidar o inimigo.

Além do longo trecho restaurado, muitos outros fragmentos da muralha serpenteiam pelos morros e montanhas. Construídos há tantos e tantos anos, e há tantos e tantos anos abandonados, integraram-se à natureza. Já não parecem impostos à terra, mas emergentes dela, arcabouço surgindo por baixo da crosta como osso empurrando a pele em gado magro. Vi um desses fragmentos de perto. Partido, mostrava suas entranhas, tijolos que agora, desfeita a superposição simétrica, gastas as arestas, deixavam de ser tijolos para recompor aquela mesma terra de onde haviam sido tirados. Cresciam arbustos no topo, gramas cresciam por dentro. Tudo estava em grande harmonia. Dos senhores feudais, de Qin Shi Huang, da dinastia Ming ficou a força arquitetônica. O clamor das batalhas diluiu-se no silêncio.

Depois que a fêmea chocar, poderei voltar ao terraço. O bem-te-vi me olhará indiferente, preocupado somente em conseguir comida para os filhotes. E quando estes estiverem emplumados e tiverem aprendido a voar, o casal abandonará o ninho. Na chuva, no tempo, a estrutura de palha se desfará aos poucos, entregando suas entranhas. Até o próximo ano, quando outubro me trouxer o casal novamente para, sobre os destroços, construir outro ninho.

O sol que se põe no meu terraço surge lentamente por trás da Grande Muralha. O vento sopra desgastando as arestas de pedra. No tempo, na chuva, desfazem-se pouco a pouco as construções. Persiste, no ser, o desejo de construir.

AS HORTÊNSIAS, A ÁGUA-VIVA E O CAVALO

Que bela manhã de sábado passava eu naquele chalé antigo, naquela antiga rua de Petrópolis. Sentada na poltrona de vime, na varanda ajasminada – jasmins que talvez eu esteja entrelaçando agora nas pingadeiras recortadas, mais para obedecer a uma exigência cenográfica da lembrança do que em respeito à realidade –, deixava o olhar passear do sol à sombra. E tratando de amaciar em meus ouvidos o barulho dos carros que passavam sobre os paralelepípedos, pensava no encanto de uma cidade ainda cheia de verde, de antigos chalés, de pensamentos bucólicos.

Eis que dois carros pararam do outro lado do rio, do outro lado da rua. Carros cheios, famílias em passeio matinal. Duas pessoas saltaram de um carro, um senhor saltou do outro. Abriram os braços, quase a abraçar o ar fino, ergueram de leve a cabeça. "Procuram o sol, o céu", pensei comovida diante daquela cena singela de reencontro com a natureza.

Mas os três logo se recompuseram. Agacharam-se à beira dos canteiros, os famosos canteiros de hortênsias que cobrindo as margens do rio deram fama à cidade, e puxando e cavando e arrancando puseram-se a desenraizar moitas inteiras.

– Parem com isso – gritei indignada.

Nem me olharam.

– Parem com isso! – repeti, tentando aumentar o volume. – Ladrões!

Não alteraram seu fazer.

– Isso é propriedade pública! – estrilei gesticulando, à beira de um ataque de nervos. E vendo que minhas palavras não

surtiam o menor efeito, lancei a frase que acreditava definitiva. –
Vou chamar a polícia!

Teria sido impressão minha, ou riram de leve? A buraqueira no canteiro já estava de bom tamanho, o carro verdejava de folhas e flores. Os meliantes ecológicos esfregaram as mãos de leve para tirar a terra. Depois, satisfeitos, entraram nos carros e se foram.

Que bela manhã de sol passava eu naquela praia distante, quase vazia, embora o sol já tivesse alcançado o umbigo do céu e começasse a escorregar lentamente para o outro lado. De pé à beira d'água, havia nadado descobrindo na transparência leves águas-vivas. Agora, deitado o olhar entre azuis, ampliava em meus ouvidos o barulho das ondas e pensava no fascínio de momentos como aquele, em que abraçados pelo sol nos entregamos à natureza.

Eis que um casal adolescente passa por mim saindo do mar. Traz alguma coisa nas mãos, nas quatro mãos quase emboladas. E tem um ar triunfante.

– Deixem a pobre – peço reconhecendo a iridescência de uma água-viva, filamentos a escorrer entre os dedos.

Eles dão uma parada, mais para exibir o troféu do que para acolher minhas palavras. E lançam, com rostos encrespados de medo e fúria:

– Ela queima!

– Queima nada. Não está na mão?

– Não queima na mão. Mas queima no corpo.

Falam de um inimigo feroz. E retomam o caminho, carregando a pequena gelatina disforme.

– O que é que vocês vão fazer com ela?

– Vamos tocar fogo.

Os valentes caçadores caminham para um trailer. Desistirão de incendiar a água-viva, talvez por falta de material adequado. Mas a deixarão morrer na areia, esquecida, padecendo sob o sol.

Que belo dia de verão eu havia passado, cruzando montanhas, percorrendo vales onde a grama se deita e o vento canta. Agora, no posto, enquanto abastecíamos o carro, deixava o olhar rastrear o verde, pensando como é mais doce o viver longe da cidade.

Eis que, parado em pleno sol, atado ainda à carroça, vi um cavalo, que por respeito não chamo pangaré. O dono, ali perto, sentado à sombra.

– Moço – eu disse, depois de ir até lá e examinar com ar distraído o cavalo. – Não dá pra botar ele na sombra?

– Precisa não. – E o homem, na sombra como se numa toca, nem me olhava.

– Precisa sim. O pobrezinho está derretendo.

O cavalo, orelhas pendentes, olhar baço, solão em cima. Eu, insistente.

– Moço, é só puxar um pouquinho.

– Tá bom aí. – E convicto, porque ele lida com esse cavalo há tanto tempo e sempre soube muito bem como se lida com cavalos e o que é bom para eles: – Ele não se incomoda. – Uma pausa. Depois, a certeza final. – Está acostumado.

A MORTE SORRINDO COM DENTES PEQUENOS

Eu vi a cara da morte. Tinha dentes pequenos e os mostrava, mas talvez fosse riso.

Foi no saguão do aeroporto. Não, a morte não ia viajar, creio que tampouco estava chegando, embora sendo por natureza tão dedicada ao trânsito. Percebi depois que não trazia malas. Talvez estivesse apenas esperando alguém que vinha de alguma parte, como uma boa parente.

Certamente por isso, por seu ar pachorrento de disponibilidade naquele fim de tarde, não reparei nela quando saí na área do desembarque. Nem haveria por que reparar, tão costumeiro tudo, tão igual a tantas outras chegadas e partidas, a tantos saguões de aeroporto. Entediados ou ansiosos os que esperam, apressados os que arrastando maletas ou empurrando carrinhos travam o passo por um quase segundo diante das portas de vidro que se abrem automaticamente. Um ritual. Os encontros, as crianças, os sorrisos, os abraços, tudo previsível.

Eu havia acabado de chegar com três companheiras de trabalho. E nos atardávamos por instantes nas despedidas, quando a gritaria começou. Uma gritaria não é nunca uma questão vocal apenas. Uma gritaria é sempre um detonador de movimento. Alguns gritavam, outros corriam, as mulheres erguiam as crianças no colo, os mais afastados voltavam-se para o tumulto perguntando o que foi? Entre gritos, abriu-se uma clareira, vi pessoas afastando-se, esbarrando nos de trás. E de repente, correndo pelo meio da pequena multidão que como as águas do mar Vermelho se abria para deixá-lo passar, surgiu um camundongo.

Não fossem as pessoas, talvez ele tivesse fugido pelas laterais buscando abrigo junto às paredes, há sempre fendas e reentrâncias em que um camundongo pode se abrigar. Mas as pessoas gritavam como se diante de um perigo, alguns riam, o circo estava armado e era barulhento e assustador. Ao camundongo não restava alternativa senão a velocidade. E correu tão veloz quanto suas patinhas lhe permitiam, fugindo para a frente, sempre para a frente, como um pequeno projétil cinzento.

Não havia nada à frente, o saguão estava praticamente vazio. Mas a morte tinha vindo buscar alguém.

Digamos que a morte era um homem. Um homem de bem, com sua família, que aguardava um pouco afastado dos outros, um pouco adiante. Um homem corajoso que não teme camundongos. Um homem disposto ao grande gesto para livrar do pânico a multidão. E esse homem avançou um passo, esperou que o camundongo passasse por ele na corrida para a fuga, e com toda a sua força heroica deu-lhe um chute.

A gritaria emudeceu súbita. O mar Vermelho se recompôs fechando a brecha. As pessoas hesitaram um instante olhando o homem, depois com breves comentários deram por encerrado seu desconforto e retomaram a vida onde ela havia parecido estar suspensa. Um funcionário surgiu ao fundo indagando o ocorrido.

O camundongo jazia morto junto à parede que não poderia mais abrigá-lo. Arqueado, quase encolhido como se houvesse tentado se defender num último esforço, o pequeno corpo cinzento já não tinha o vigor que o havia impulsionado através do saguão. A cauda tão reta na corrida era agora uma vírgula mole sobre o mármore. E talvez pela cauda seria colhido com asco pelo funcionário, para ser jogado no lixo.

O homem abraçou a filha adolescente, a esposa aproximou-se. Era um macho da espécie, que havia sabido proteger os seus. Podia orgulhar-se. E em puro orgulho sorriu, quase riu, mostrando os dentes pequenos.

O OLHAR FEMININO

EM MAL TRAÇADAS LINHAS

Ilma. Secretaria da Receita Federal,

preclara e lúcida. Venho por meio desta, considerando minha obrigação de cidadã, procurar a luz onde ela se encontra, e tendo em vista Vossos extensos conhecimentos, pedir que dirima, agora e para sempre, a dúvida feroz que me atormenta lançando-me na treva mais escura, a negridão terrível de quem já não sabe.

Eis que, preparando-me como honesta contribuinte para pagar o imposto dito de renda, graças ao qual me é dado colaborar no erário público entregando à pátria ampla fatia do modesto bolo que amasso diariamente com o suor da fronte, e tendo outrossim contraído no exercício findo o sagrado vínculo do matrimônio como é do agrado da Nação e da Família, verifico, através do folheto por Vós mandado distribuir, que cabe a meu marido a denominação de cabeça do casal, sobrando para mim apenas o vago lugar de não cabeça.

A minha identidade posta à prova me enche de tormento. Quem sou?

Sendo ele a cabeça, nada me foi designado. Não posso nem quero crer ter ficado eu, por lei, com a parte oposta, o posterior ou retro, aquilo que por humana geografia corresponderia ao rabo do casal, embora reconheça ter sido mais aquinhoada pela natureza para desempenhar esse papel. Nem me parece elegante, apesar da minha vocacional tarefa reprodutora, ser publicamente constituída como ventre do casal.

Estudo alternativas.

Compondo-se o corpo humano de cabeça, tronco e membros, e tendo sido distribuída a primeira vaga, deduzo ter ficado para mim o tronco, cabendo-me as ramificações, as raízes e, evidentemente, grande parte da responsabilidade dos membros. É bonito, sem dúvida, esse papel arbóreo num momento em que a natureza volta à moda, mas a cabeça, confesso, me faz falta.

Procuro no folheto.

Eis que a lei me faculta ser cabeça. Mas isso se meu marido estivesse sumido no mundo, ou preso, ou não pudesse sustentar a família. Um marido, em suma, incapaz de cumprir com suas obrigações de marido. Quer então a lei, por suprema ironia, que eu seja considerada cabeça somente após ter dado provas cabais de não a ter. Pois onde estaria eu com a cabeça casando com semelhante estroina?

Dura lex sed lex. Um lar não pode ser bicéfalo.

Perdida, sem destino, ainda Vos pergunto: o que é feito de tantas cabeças femininas decepadas pelo machado da Receita? Não haveria para elas algum uso, mesmo secundário, nas hostes que servem à nação? Meu desejo é ser útil.

Assim pois, enquanto espero a resposta salvadora acima solicitada, graças à qual descobrirei qual o meu novo papel conjugal, venho oferecer à pátria uma cabeça em estado de nova, embora com algum uso, de boa aparência, embora contestada, com umas poucas ideias que em dado momento me pareceram novas, mas que à luz de maiores conhecimentos poderão ser consideradas gastas, com vários desencontros e notáveis desacertos. Uma cabeça, enfim, como há muitas, nem melhor nem pior, da qual até o presente momento não tinha tido queixas e que, pelo contrário, contava até com alguns discretos louvores. Uma cabeça ruiva que a mim, confesso, me agradava. E que agora descanso sobre o cepo, olhando, cheia de perplexidade, para o cesto que a espera.

Com os protestos da mais alta estima e elevada consideração, subscrevo-me mui atenciosamente.

OS ÚLTIMOS LÍRIOS NO ESTOJO DE SEDA

Quando Jung Chang, escritora e historiadora que acaba de publicar uma impressionante biografia de Mao, esteve no Rio para o lançamento do seu livro *Cisnes Selvagens*, começou a palestra na Casa Laura Alvim por um gesto: da pasta preta tirou um sapatinho de seda bordada que havia sido da sua avó, e a braçadeira que ela mesma havia usado como guarda vermelha da Revolução Cultural. O sapatinho tinha pouco mais de dez centímetros.

Provavelmente, ela não sabia que, na China, o fotógrafo Li Nam já havia começado a fazer o registro dos *san-tsu-qin-lian*, ou "lírios dourados de oito centímetros", como eram chamados os pés femininos encolhidos. Agora Li Nam acaba de inaugurar a sua exposição em uma galeria fotográfica em Pequim, e em aproximadamente cinquenta fotos mostra a nova China "A última geração das mulheres de pés de lírio".

A avó de Jung Chang quase escapou de pertencer a essa geração. Poucos anos bastaram para que seu destino fosse andar pelo resto da vida "parecendo um broto de salgueiro na brisa da primavera". Mas aos dois anos de idade, quando a mãe dobrou para trás os dedos dos seus pés e os prendeu com uma tira de pano de seis metros de comprimento, não podia saber que o processo tinha a sua origem num gesto poético. Ninguém lhe disse que dez séculos antes, em busca de um sofisticado prazer, Li Yu, grande poeta do amor e segundo soberano da dinastia dos Tang, havia obrigado sua favorita Yaoniang a enfaixar os pés para dançar sobre uma flor de lótus estilizada. E se tivessem dito, teriam que acrescentar que ele não havia quebrado o arco dos pés da amada com uma pedra, como fizeram com a menininha, nem havia molhado a tira de pano, para que encolhesse ao secar, aumentando o aperto e o sofrimento.

As fotos de Li Nam são todas de mulheres acima dos 70 anos. Mulheres que passaram a vida com dores excruciantes, escravas de pequenos pés que há muito haviam perdido toda razão de ser. O processo não tem fim, com qualquer idade basta deixar o pé solto, para que ele fuja aos seus limites e se expanda. Em certa época, a avó de Jung Chang chegou a tirar as ataduras e os pés cresceram um pouco, mas o crescimento foi tão doloroso quanto a encolha, porque os ossos quebrados não podiam voltar à posição normal, nem equilibrar o pé. Ela vivia em sofrimento constante, e quando as duas voltavam das compras a primeira coisa que a avó fazia "era mergulhar os pés numa bacia de água quente, suspirando de alívio. Depois punha-se a cortar os pedaços da pele morta". A dor vinha dos ossos, e das unhas que se cravavam nas plantas dos pés.

Ouvi Jung Chang falar da sua avó naquela conferência – eu havia sido convidada para apresentá-la. Na primeira fila da plateia, sua mãe Bao Qin a escutava – atenta, embora não falasse inglês. Jung Chang contou como a avó recusou-se a cortar seus belos cabelos quando a Revolução Cultural proibiu cabelos compridos e como, por isso, não saiu mais de casa. Contou como defendeu a filha nas perseguições e apoiou o genro na loucura. Como conseguia inventar refeições para a família e para a filha hospitalizada, quando faltavam víveres e a cota de carne mensal era de 250 gramas por pessoa.

Não sei o que diz o texto do catálogo na exposição de Li Nam. Não sei o que é permitido dizer. Aqui certamente falaria de mutilação e de submissão. Mas aprendi com Jung Chang, aquela tarde, que ataduras não bastam para prender as asas de um cisne selvagem.

NO TRÂNSITO, UM AMOR

    Fila de trânsito. No carro à minha frente, uma menina me olha. Carro não, é jipe, aberto, e ela vai ajoelhada no banco de trás, distraída e leve como se fosse num caleche. Nem é verdade que me olha. Ela olha, não a mim, que atrás do vidro do meu próprio carro talvez nem seja visível para ela, olha apenas na minha direção, e mais além. E aqui, por vício de retórica, já ia escrevendo "olha o mundo", que embora certo seria excessivo, porque não há nenhum enlevo no olhar da menina, nada daquela magnitude com que num relance se rastreia o cosmo. Há no seu olhar um brilho alegre. E uma certa gula.

    A menina está alegre nesse começo de noite, em pleno engarrafamento. Para ela não há buzinas, demora, tédio. Conversa sozinha, move de leve as mãos, inclina a cabeça. Espremida entre dois adultos, entre os corpos suados e cansados de dois adultos, a menina brinca em silêncio. Em silêncio viaja.

    E eu, como que invisível à sua frente, começo mansamente a amá-la.

    Menina, menina, que linda você é. Não linda como te dizem sempre, porque os cachos, porque o rosto, porque o vestidinho novo. Linda apenas porque menina, tão recém-chegada e já lançada para a frente, em busca de tudo.

    O que é que você vê dali onde está? As luzes de mercúrio, a curva do elevado, os carros em caravana não são para você o mesmo que são para os dois adultos ao seu lado, não podem ser o mesmo para eles que, pesados, olham à frente, só querendo chegar, e para você que vai voltada ao contrário, desejando que a viagem dure, dure bastante, embalando tua conversa secreta.

Você olha quase desatenta, eu sei, não por distração, mas porque está dividida entre o dentro e o fora, em trânsito entre o que passa diante dos teus olhos e o que tua imaginação borda. E não sabe que nessa desatenção mesma tudo pode estar sendo gravado em tua alma de forma indelével. Não sabe que talvez quando tiver minha idade, uma noite ao acaso, voltando de carro de algum lugar, presa num engarrafamento, tornará a sentir-se ajoelhada no banco traseiro de um jipe e verá, com que clareza verá, tudo aquilo que agora passa diante dos teus olhos como um telão pintado, cenário da peça que você encena. E, assim como eu te amo agora, amará então, em pura doçura, a menina que foi.

Você vai à minha frente luzindo como folha nova. E eu te vendo tão primavera estremeço. Quanto caminho diante de você. Mas esse caminho é o que você mais quer, é ele que acende a gula em teu olhar, esse caminho que já sente debaixo dos pés e que vê desdobrar-se à frente, amarelo e interminável como a mágica estrada de Oz.

É um caminho bem mais sinuoso do que você imagina. Cheio de esquinas que de onde você está não se veem. Cheio de coisas e fatos por que você secretamente anseia. Mas que desconhece. Eu preferia não ter lembrado, fingir que esqueci, não te dizer nada, mas firo-me pensando que, ao longo do caminho você, menina, vai ter que sofrer. Não há como evitar, não existem meios de te proteger. Os dois adultos ao teu lado sabem disso. Os motoristas dos carros que rodeiam o jipe sabem disso. Os motoristas todos e os passageiros todos de todos os carros que nos antecedem e seguem sabem disso. Só você não sabe. E sorri, talvez pensando no futuro.

O que você vai ser quando crescer? Todo mundo te faz essa pergunta. E você a faz mais que todo mundo. Mas não é uma pergunta que exige resposta. Ela é feita sobretudo para confirmar que você vai, sim, crescer e vai, ah!, certamente vai, ser alguém. É uma pergunta feita para dizer que quando você crescer não vai ser apenas você mesma em tamanho maior, mas outro alguém, uma adulta.

E que rosto você vai ter, menina, quando for outro alguém? Eu que te olho agora com tanta amorosa intimidade, que percorro seu rosto nos detalhes, desenhando a boca, acompanhando a linha das sobrancelhas, a fronteira macia entre a testa e cabelos, não saberei quem você é se tornar a encontrar-te. Teu rosto está tão mutante que só hoje posso pousar nele como é. Amanhã será outro.

Isso também você não sabe. Quer ter logo teu rosto de mulher, um rosto assinado com batom. De bom grado abriria mão deste, que agora inclina olhando para a frente. Não pode prever que, ao contrário, o levará sempre consigo, por baixo do outro, como se este, tão passageiro e pequeno, fosse o mais forte.

Você conversa com alguém que não se vê. Eu converso com você que não pode me ouvir. Meu olhar de mãe acaricia tua pressa de filha. E somos, em pleno engarrafamento, duas mulheres ligadas no silêncio, duas idades atadas pelo afeto. Adiante, amarela e interminável, desdobra-se a estrada.

A NÁUFRAGA

Um bom naufrágio é bilheteria certa. Todo mundo quer ver como se sobrevive numa ilha deserta. Todo mundo se pergunta se sobreviveria em idênticas condições. Todo mundo quer, sempre, aprender a sobreviver. Sobreviver é nossa tarefa primeira, já que somos todos náufragos.

Mas tendo devidamente assistido ao filme de Tom Hanks, ouso dizer que as mulheres não naufragam como os homens.

Mulher nenhuma, por exemplo, entraria naquela caverna úmida à noite, em plena escuridão. Não é uma questão de medo, é uma questão de prudência. Ele tinha uma lanterninha, é verdade, mas o que pode uma lanterninha contra escorpiões, aranhas, morcegos e outros habitantes das entranhas da rocha? Uma mulher teria explorado a caverna de dia, ou teria apanhado chuva por uma noite. Tendo entrado, porém, mulher nenhuma esbanjaria a luz da única lanterna, com sua única pilha, só para consolar-se olhando o retratinho do namorado. O amor é lindo, mas a economia doméstica tem suas regras.

Penso em mim mesma náufraga naquela ilha. Em primeiro lugar, nada de morar na gruta cinzenta e inóspita. Teria construído uma casa. Havia ali material de sobra, troncos variados, e folhas de palmeira que entrelaçadas dariam paredes e teto da melhor qualidade. Minha casa poderia ter um cômodo só, mas com janela olhando para o mar. Em caso de grave tempestade poderia até procurar refúgio na gruta, mas nos dias tranquilos e nas noites amenas, ter uma casa me aqueceria a alma. É possível que com o tempo, e com as fibras disponíveis, conseguisse até fazer algo parecido com uma rede, na qual me deitaria para pensar na vida e, quando fosse inevitável, chorar.

O cabelo crescido eu trançaria para não embaraçar. Se quisesse, poderia cortá-lo curto, com fio de pedra, mas não quereria. O cabelo longo, a lavar com água de chuva e pentear com pente feito de espinhos, me faria companhia. E o seu comprimento me diria do passar do tempo.

Ao contrário de Tom Hanks, não comeria com as mãos. Com a lâmina daqueles patins, cortaria para mim palitos japoneses. Uma lasca de pedra seria meu prato, e com os cocos todos que os coqueiros não paravam de despejar faria cumbucas variadas. Havendo lama e fogo, modelaria e tentaria assar panelas, e depois pratos. Falharia nas primeiras vezes, mas teria todo o tempo para tentar de novo.

Nem limitaria meu cardápio a siris assados na brasa e peixes crus. A água do mar, devidamente isolada, secaria deixando-me o sal indispensável a qualquer comidinha esperta. O leite de coco seria elementar de conseguir, e eis aí, meio pálidos talvez pela falta de tomates, uma moqueca, um ensopadinho de siri. Isso para não falar no quase bacalhau que eu obteria secando o peixe no sal e dessalgando-o em seguida. Enfim, dava para aliviar o tédio alimentar.

Ilha madrasta a do filme. Nenhuma ave, nenhum bichinho que se pudesse adotar. Naquelas circunstâncias, uma bola que já vem com nome, Wilson, pode mesmo parecer companhia para um homem, acostumado desde pequeno a gostar de bola. Mas uma mulher teria feito, de palha e folhas, uma boneca, teria gestado uma criatura com braços e pernas, sua semelhante. Talvez lhe fizesse roupinhas. E com ela dialogaria.

Numa ilha deserta, sobreviver é não apenas manter a vida, mas conservar a própria identidade humana. Para um homem, vencer a natureza é afirmar-se como homem. E Tom vence a natureza duplamente, continuando vivo e escapando da ilha. Uma mulher vence a natureza de outro modo, organizando-a.

Uma casa e o chão varrido ao redor são uma forma de vitória sobre a natureza, uma forma de dizer "esse espaço é meu". Uma mulher não teria talvez a força física para escapar da ilha. Mas quando alguém finalmente lá chegasse, já não encontraria uma ilha selvagem.

PORQUE AMANHÃ É O DIA

Quando as mulheres de Dresden abriram a porta de casa, depois do grande bombardeio de 13 de fevereiro de 1945, quase nada restava da sua cidade. Não, a frase está errada. É pouco provável que houvesse portas, depois de tantas explosões e tantos incêndios provocados pelas bombas de fósforo e de alto poder de destruição. Talvez fosse mais certo escrever assim: quando as mulheres de Dresden saíram de casa, depois do grande bombardeio de 45, quase nada restava da cidade. Mas também isso não estaria correto, porque muitas mulheres, a maioria, moravam seguramente naquela parte da cidade de que nada, ou quase nada restava, e, se não havia portas, muito menos havia casas. Então, para chegar mais perto da realidade devemos escrever: quando as mulheres de Dresden saíram dos abrigos, dos esconderijos, dos porões, quando as mulheres de Dresden conseguiram finalmente arrastar-se para fora dos escombros de suas casas depois do grande bombardeio, não havia mais cidade ao redor. Desaparecido o traçado das ruas debaixo das ruínas, engolidas as praças, calcinadas as árvores, tudo era apenas fumaça, fogo e destruição.

As mulheres de Dresden estavam sozinhas com suas crianças e velhos – os homens, até mesmo os ainda adolescentes, haviam sido levados pela guerra. E não tinham recursos – os recursos, todos, haviam sido tomados pela guerra. Mas tinham a si mesmas. E a sua atávica necessidade de ordem. Então as mulheres de Dresden cavaram nos escombros até encontrarem suas vassouras. E começaram a varrer.

Hoje, em Dresden, uma mulher de bronze varre imóvel no alto de um pedestal, homenagem àquelas que, com amorosa tenacidade e armadas apenas da mais antiga ferramenta feminina, sobrepuseram o espírito da casa ao espírito da guerra, limpando a cidade da destruição dos homens.

Mas há um outro monumento às mulheres, em Dresden. São as ruínas da Frauenkirche, a enorme igreja que em 1722 o rei encomendou, para elas, ao seu "Ratszimmermeister" (construtor chefe) George Bahr. A igreja ainda sobrevive inteira na memória dos velhos e, quando visitei a cidade, eu a encontrei nas belas paisagens de Dresden pintadas pelo veneziano Canaletto, que recebem os visitantes logo à entrada do museu Albertinum. Não tenho conhecimento de nenhuma outra igreja, no mundo, que tenha sido dedicada às mulheres. Essa, de rara planta quadrada, com quatro torres, podia receber 4.000 pessoas sentadas, e completava harmoniosamente o conjunto de Neumarkt Platz. Pegou fogo naquele 13 de fevereiro, e ardeu durante dois dias. As mulheres não tinham com que apagar o fogo – vassouras não dominam incêndios – e sua igreja ruiu.

Não se construiu outra no lugar, nem restaurou aquela, como se restauraram fielmente tantas e tantas construções da Alemanha. O que dela resta, espécie de morro disforme que se completa num fragmento de torre e no perfil de duas arcadas cegas, permanece como memória da grande tragédia, em meio a um Neumarkt parcialmente recomposto pela antiga RDA, e agora já refeito em clima de modernidade pela Alemanha unificada.

Foi ali na praça, diante do luxuosíssimo hotel Dresden Hof e ao redor mesmo das ruínas, que vi armadas as barracas de um parquinho de diversões e assisti ao sorteio de bichos de pelúcia, animado por intermitentes toques de sirene. Certamente, não fui só eu, na multidão em festa, que voltando-me para as ruínas escuras relembrei o soar de outras sirenes. Nem fui só eu que olhando o rosto luminoso dos jovens pensei o quanto a Frauenkirche está distante deles, o quanto para eles aquelas ruínas representam apenas ruínas.

Amanhã comemora-se o Dia Internacional da Mulher. No mundo inteiro haverá discursos, palestras, passeatas. Mas por um instante, em vez de homenagear o presente, quero reverenciar o passado. Quero depositar minha admiração aos pés da estátua de bronze, assim como às mulheres da cidade arrasada que carregaram tijolo por tijolo, escombro por escombro, formigas laboriosas depositando sua carga à beira-rio, para limpar a cidade e tornar possível o impossível cotidiano.

Para o dia de amanhã, meu coração não ergue apenas uma igreja. Como o poeta Augusto dos Anjos quero poder dizer "meu coração tem catedrais imensas". Que nessas catedrais toque, com todo o seu esplendor, o antigo órgão construído por Gottfried Silbermann e destruído pelo bombardeio. E toque altíssimo, em homenagem às mulheres, que as mulheres de Dresden representam.

ESSES HOMENS INCRÍVEIS E SUAS MÃES MARAVILHOSAS

Aos 88 anos de idade, morreu Claudio Arrau. Preparava-se, cheio de disposição e bons antecedentes, para viver pelo menos mais uma década. Sua mãe morreu aos 104 anos – mentia a vaidosa senhora, alegando ter apenas 99 –, sua avó aos 120, e sua irmã aos 96.

Não foram só essas as mulheres com que ele conviveu na juventude. Havia ainda uma tia, e as sete filhas do seu professor de piano, Martin Krause. Naquela que, provavelmente, é sua última entrevista, publicada na semana passada no *Le Nouvel Observateur*, com o título profético *Que Viva Arrau!*, o repórter pergunta como era estar rodeado de tantas mulheres. "De fato, eu tinha uma verdadeira coleção de mães", responde Arrau. "E gostei, durante algum tempo."

O repórter insiste, quer saber se tamanho *entourage* feminino não lhe dava a sensação de estar sendo enfraquecido. "Enfraquecido? Não, elas me tornaram mais doce. Fizeram de mim uma pessoa gentil, uma boa pessoa, desejosa de agradar, de seduzir. Isso me custou caro, mais tarde. E foi difícil tornar-me um homem, aprender a desagradar."

A contaminação do feminino parece ter atingido também Sartre. "Eu sempre estive cercado de mulheres – minha avó e minha mãe se ocupavam muito de mim. E além disso eu vivia rodeado de meninas. Isto quer dizer que as meninas e as mulheres eram um pouco o meu meio natural, e eu mesmo sempre pensei que havia em mim alguma coisa de mulher."

Outras são as mulheres de Jack Nicholson. Criado pela mãe junto à irmã mais velha, Nicholson, já famoso, descobriu um dia, através de uma reportagem do *Time*, que a mãe era de fato sua avó, e que sua verdadeira mãe era a irmã. A mesma irmã com a qual, ainda jovem, havia partido rumo a Nova York para tentar a carreira de ator. "Minha mãe era muito jovem quando ficou grávida. Morávamos numa cidade pequena. Nesse ambiente puritano, de província, teria sido um escândalo. Então elas esconderam a verdade dos vizinhos. Em muitas famílias teriam escolhido abortar. Elas preferiram ter-me. Eram mulheres fortes. Na escola, eu era um menino brigão. Se a história tivesse vindo a público, eu teria tido que brigar sem parar, teriam me chamado de bastardo. Quando soube de tudo pelo cara do *Time*, ambas já haviam morrido. Não tive raiva delas. Pelo contrário. Passei a amá-las ainda mais. Nenhum homem teria guardado tamanho segredo. Essa é a força e a genialidade das mulheres."

Força e genialidade de um lado. Doçura do outro. Separadas, como água e azeite, aos olhos dos filhos. Entretanto, a mãe de Arrau, a quem ele se refere dizendo "Ela e a música formavam uma única coisa" e de quem exalta o amor nunca sufocante, parece ter sido uma mulher tão determinada quanto doce. Não só encaminhou o filho para a música desde a idade de 4 anos, como durante toda a vida – que não foi breve – operou sem descanso para estimular e proteger seu talento. Quando, aos 15 anos, Arrau, traumatizado pela morte do seu mestre, não conseguia mais tocar, ela própria o encaminhou para a análise, tratamento nada usual na época. Sem dúvida, uma senhora muito firme que, ao contrário do filho, não temia desagradar; apesar de morar em Berlim de 1911 a 1943, recusou-se sempre a falar alemão.

Nem é só força o que se pode ver na atitude das duas mães de Nicholson. Decidir ter o filho foi gesto de coragem. Inventar o esquema e manter o segredo é questionável; se por um lado estavam protegendo o menino, pelo outro estavam muito claramente se protegendo. E como considerar força o fato de continuarem a farsa mesmo mais tarde, quando já não era necessária, negando ao menino, agora homem, a verdade sobre sua origem? Fraqueza explícita, medo da reação dele, medo de mexer naquilo que já estava calcificado, de revelar o que não achavam edificante.

Quanto a Sartre, a imagem que tem das mulheres que o rodeavam não é nem de força, nem de especial doçura, mas de submissão. E podemos nos perguntar como afinal vivia aquela sua "alguma coisa" feminina, ele que considerava a obediência "como um traço do caráter da mulher", e que gostava de conversar com as mulheres porque podia falar do que quisesse, e porque "era eu quem dirigia a conversação".

O filho vê na mãe o que quer ver. Arrau não via a força. Nicholson não via a fraqueza. Sartre não via o individualismo. Cada mãe se esforça para mostrar aos filhos apenas aquilo que a faz parecer mais admirável. E os filhos, embora mamando nos dois seios, parecem reconhecer apenas um, aquele cujo leite mais o alimenta e o faz crescer.

MARIDOS & ESPOSAS

CURTINDO CARETICE

Tem gente por aí dizendo que caretice é ruim. Mentira, lá em casa somos todos caretas, e achando ótimo.

Aliás, chegamos à conclusão de que caretice é um tremendo barato.

O casal em questão bebe pouco, de vez em quando, por gosto mesmo. Com mais frequência, só um vinho. O casal não fuma. As viagens do casal são viagens no duro, daquelas bem caretonas, de criança, cachorro e periquito. O casal gosta de tomar chocolate quente em Petrópolis, de comprar muda de planta em Jacarepaguá, de ir até Teresópolis passar a noite e voltar.

Durante a semana a gente trabalha. Aquele negócio antigo de horário, compromisso, uma certa quadratura. Eu até vou à cidade todo dia, e de ônibus, com engarrafamento e tudo. De noite a gente lê e dorme cedo. Ficaria mais careta ver televisão, mas a tanto, reconheço, ainda não chegamos. Então a gente dorme cedo, levanta cedo, curte um pouco as flores do terraço, o mar lá longe, e trabalha. Daí quando durante a semana resolve tirar a noite para meter um cinema, acaba forçando a escolha para um filme sem maiores pretensões, bangue-bangue colorido, comédia italiana, coisinha ruim até, para distrair legal sem matar de angústia.

Depois do jantar o marido dá umas cachimbadas. A mulher gosta de costura, bordado, um tricô no inverno. A filha fica junto conversando, tumultuando, aquecendo, no colo de um ou no colo do outro. A gente estica a perna e põe o pé na mesa baixa diante do sofá. Nossa casa é daquelas que têm sofá com mesa na frente. E a gente se embola os três, carinhando.

Fim de semana vamos à praia levando lona, relógio e dinheiro para sorvete. Barraca e cadeirinhas são outros extremos aos quais não chegamos. Fazem-se castelos e vulcões, para a filha. Almoça-se tarde e dorme-se depois do almoço. Vai-se a cinema ou teatro infantil, naquela de fila, pipoca, bando de crianças. Volta e meia curte-se até um Drive-In com direito a lanche no Bob's.

Isso, quando a família não viaja. Porque, havendo tempo aproveita-se para ir pra fora. Aí então é caretérrimo. Hotel reservado com antecedência, malas e malinhas, agasalhos, máquina fotográfica a tiracolo, radiante sorriso burguês de viajantes dominicais. Paramos no caminho onde todo mundo para, comemos o sanduíche que todo mundo diz que é bom, fuçamos nas lojas de artigos folclóricos. Na estrada não passamos de 80, e chegando à destinação somos turistas perfeitos. Obedecemos a tudo. Vamos ao museu, à ruína, ao véu da noiva. Comemos torta com creme no alemão e sorvete no italiano. Compramos doces e queijos locais para levar pra casa. Fotografamos o pôr do Sol do mirante.

Nem sempre é assim, claro. Temos amigos pra frente. Volta e meia caímos em outros papos. Mas é um clima meio por acaso na vida da gente, e a gente fica assim, quase deslocado, peixe fora d'água ou num rio que não é seu. Até voltar para casa.

Aí então a gente senta no terraço e se espraia novamente na caretice. Tem jeito não, é disso que a gente gosta. Custou a perceber, mas uma vez percebido assumiu logo, e agora está tudo em ordem. Somos caretas, na maior alegria. Sobretudo isso, na maior alegria. Ou então vai ver que entendemos errado, caretice é outra, e nós estamos por fora. O que acaba dando na mesma, porque estar por fora num mundo de gente por dentro é tremenda caretice.

PODE FICAR TRANQUILO, PAI

Nunca fui pai. Nem a constatação me ocorreu antes, quando o fenômeno da paternidade se restringia ao meu próprio progenitor. Mas eis que agora entrei numa parceria de reprodução, e vivendo tão intensamente minha parte tento me colocar no papel do outro, e descubro a distância.

Começo não sabendo como se sente o outro no ato de gerar. O ritmo eu sei, mas desconheço a intensidade. No único momento tão a dois, na hora da fusão, fundem-se apenas pela anulação do tempo, porque no mais cada um está suprema e profundamente na sua.

Seguem-se os dias, e eu me estudo. Escuto, me debruço, presto atenção na cachoeira interna da vitalidade, no altenar-se das águas e marés. Viro-me pelo avesso. Mas ele, o pai da criança que já foi decidida, só pode ouvir através dos meus ouvidos, saber por mim, e acreditar que eu saiba e não o traia.

O filho dele em mim. A vida dele em mim depositada, eu sou sua descendência. Como se sente, pai de tudo o que eu posso conceber?

Nove meses. Eu trabalho, vou à rua, carrego embrulhos, ando de ônibus. O mundo tem uma certa ternura, mas não me protege. Cabe a mim tomar cuidado. A mim e a ele, certamente. Mas como?

Chego em casa e garanto, não trabalhei demais, não me estafei, pode ficar tranquilo. Mas chego tarde, e o dia foi longo, e ele sabe que sofro de delírios trabalhistas, e nada, nada lhe garante que realmente não tenha me estafado. A mim e ao seu filho.

Eu sei a medida exata da minha fome. Mas ele não. Eu sei se tenho sede, e posso passar horas sem beber. Mas ele se aflige, você não bebe, está secando meu filho, essa criança vai virar camelo. Eu sei se tenho sono, se dormi direito, se estou confortável. Ele, toca de ouvido.

No mar, a onda vem e me lambe. É bom onda, mesmo com um pouco de força, mesmo se o equilíbrio não é mais o mesmo. Mas para o dono da mulher e do filho na mulher, a onda é forte e pode arrastar-lhe a família para profundezas irrecuperáveis.

Abraço o pai. Me aninho. E através da minha pele, da sua pele, ele ri e acompanha o movimento da criança, e pergunta, que é que esse cara tem, que é que ele quer? Tem fome, tem sono, tem ânsia de vida.

Abraço o pai e me aninho. E prometo: estou caprichando, estou fazendo bem, cuido agora dos pés, as unhas, você sabe, dão algum trabalho, porque embora tão pequenas vão ter que crescer o resto da vida e é agora que preciso providenciar. Os olhos estou tentando verdes, mas espero que você tenha se lembrado de fornecer as suas pestanas, longas e recurvas tão mais bonitas que as minhas.

Prometo, pode ficar tranquilo, conheço o meu serviço, e, sobretudo, tenho tanta vontade de acertar. Vou fazer meu melhor e prestar contas. Gostaria, tanto, por um minuto só, de poder te emprestar a criança por dentro, para você sentir, para você saber e ter certeza. Mas não posso, e então chego bem perto, como se o abraço pudesse ser um invólucro a mais, outra placenta, e não houvesse espaço entre vocês.

Eu no colo, intermediária fundamental. A matriz foi escolhida, é claro, já com vistas a isso. Mas nunca foi testada. E é preciso que corresponda às expectativas. Quando me alisa, quando me cuida, quando me nina, está ninando os dois, está ninando a criança através de mim, está ninando a mim invólucro da criança, está ninando a si, pai e princípio, está ninando a vida que prossegue.

UM ALMOÇO AO REDOR DA FOGUEIRA

Foram os quatro almoçar juntos porque era aniversário de um deles. Não, foram almoçar juntos porque se queriam bem. Dois homens e duas mulheres, amigos da vida toda, e bota vida nisso! O aniversário era quase um pretexto. Assim mesmo, um deles parou antes numa livraria perto do restaurante, para escolher o presente. E deu de cara com o aniversariante que fuçava nas estantes, aproveitando o fato de ter chegado cedo. Era mais que uma coincidência, como se sem combinar nada tivessem preferido se encontrar antes ali, para mais uma vez procurar juntos algum tesouro, apaixonados que eram ambos por livros, companheiros de leitura desde crianças. E quando se reuniram aos que já esperavam sentados à mesa, verificaram que estes também haviam trazido livros de presente, e agora sim, riram todos pela sintonia de pensamento, e porque estavam ali os quatro, a alma em paz, e ainda bem que os títulos eram diferentes.

Pediram champanha para brindar. Teriam podido brindar com vinho ou com qualquer outra coisa menos refrigerante, mas queriam algo mais simbólico para festejar esse aniversário que, sendo de um era dos quatro, um ano a mais de vida, mais uma vez juntos. E começou a conversa.

De que falavam aqueles quatro, para achar tanta graça, para se divertirem tanto, como quatro crianças se puxando pelo pé? Falavam do passado e do presente, cruzando os tempos, usando o conhecimento que tinham uns dos outros para completar uma frase, mudar o sentido de outra, enveredar por outro rumo. Tudo ali era *private joke*, tudo se alimentava naquele quádruplo banco de memória, a praia de que falavam já não era mais a que estava a poucas quadras de distância, a rua que citavam havia mudado de nome, e aquela festa, aquela amiga, onde andava fulano? A memória deles ia de bonde, de lotação, e voltava zapeando internáutica. Uma brincadeira, isso é o que era aquela conversa, um jogo que eles praticavam há muito, se deslocando seguros entre os assuntos, rápidos, sem risco de tropeçar.

Num momento, estavam falando de Viagra. Um deles disse que tinha tomado, com efeito imediato e assombroso mas só da cintura para cima, olhos exorbitados, rosto em chamas, sede ardente, e abaixo da cintura, paz e repouso. Uma das mulheres contou que o marido havia tomado com êxito, vou até o banheiro e volto já, dissera ela, e na volta o marido roncava. O terceiro tinha achado uma bobagem, nada a que valesse a pena recorrer. E os outros, lembrando em voz alta o notório percurso sexual dele, sem refugos e com muitos obstáculos derrubados, consideraram seu julgamento inválido para as massas.

O restaurante estava cheio, nas outras mesas, esperando no bar, todos conversavam. Ao chegar, os amigos haviam até se queixado do barulho. Mas já depois da champanha era como se só eles estivessem conversando ali, como se os demais fossem cenário para aquele encontro, acocorados os quatro ao redor de uma fogueira imaginária, e a vida soltando suas fagulhas para o alto, rumo ao nada.

Sim, também falaram de idade, dos 69 anos que o aniversariante estava fazendo, do achaque, da ruga, da memória que se vai. E disseram, como diziam há algum tempo, que envelhecer é uma merda. Mas apesar disso continuavam bonitos, curtidos por aqueles anos todos, aquelas praias tantas, tirando dos bolsos, das mangas, de detrás da orelha, a mágica dos seus guardados, os seus tesouros, a longa fieira dos seus dias. E a idade era uma mágica a mais.

ATÉ QUE A TESOURA NOS SEPARE

Eles se amaram. Que ninguém duvide. Lavradores, pobrezinhos, amaram-se um dia. E talvez apaixonadamente. Isso ninguém contou, mas podemos deduzir. O que se contou foi como se separaram, a cena que embora patética pareceu cômica. Mas como avaliar qualquer separação sem levar em conta o amor que a antecedeu?

Eles se amaram. Carla Elisa, que ainda não era Bortsmann, tinha certamente um cheiro bom de sabonete quando tomava banho à tarde, depois de um dia inteiro passado na lavoura, um cheiro que, sobretudo na nuca debaixo dos cabelos molhados, enchia de ternura e desejo o coração de Erni Darci Bortsmann. E as mãos de Erni, ásperas da enxada, desfaleciam Carla Elisa quando apenas a tocavam. Assim, casaram-se. Assim, foram felizes por algum tempo. Depois, esse tempo acabou.

E agora, quando ele já está morando com outra da qual espera um filho, e ela recostura sua vida, Erni e Carla Elisa, acompanhados dos respectivos advogados, compareceram diante do juiz da Comarca de Candelária, no Rio Grande do Sul, para efetivar sua separação.

O fato, tão pequeno, não teria chamado a atenção de ninguém, e muito menos ocupado espaço na imprensa em plena Eco 92, não fosse a reivindicação de Carla Elisa. Que abriu mão da pensão alimentícia e não pediu divisão dos bens, porque bens não possuíam. Mas exigiu que a foto do casamento fosse cortada em dois, ficando cada qual com a parte em que aparecia.

– Eu achei muito engraçado – disse depois Amilcar Kaercher, seu advogado. – Mas ela queria que a foto fosse cortada. Tive que defender minha cliente e é claro que no início até o juiz achou que era brincadeira.

E o juiz Pedro Pozza confirma, ele também teve vontade de rir. Ainda mais porque Carla Elisa fez questão de que a decisão constasse de uma cláusula especial. Teve vontade, mas não riu, que o riso não fica bem aos juízes. E atendeu o pedido.

Será que Erni também teve vontade de rir? Ou será que por um instante um cheiro molhado de sabonete voltou-lhe à memória e ele percebeu a beleza do gesto da antiga amada?

Ali, diante do juiz, ladeada pelos advogados como se por dois esbirros, Carla Elisa percebeu que nada ia lhe restar. Do seu casamento, daquele período, talvez nem muito longo, em que acreditou que poderia ser feliz, nada sobrava. Nem uma casa, nem bens. Separados os corpos, separadas há tempos as lembranças, rompia-se agora o último laço. E tudo estava prestes a fazer-se nada.

Só havia a fotografia. Ele de terno, provavelmente o único terno de toda uma vida. Ela triunfante no vestido de noiva, coroa de flores na cabeça, o véu descendo pelos ombros como um manto, firme na mão o cetro do buquê. Os dois sorrindo. E ela de batom. Ali estava a prova de que havia sido feliz, ainda que só por algum tempo. Ali estava a evidência de que havia sido amada. Ali estava o testemunho da sua grande vitória.

Da vitória sim, mas também do fracasso. Porque aquele homem ao seu lado, espremido no laço da gravata, era a um só tempo o amado que havia sido e o desamado que era, o apaixonado que havia sido e o indiferente que era, a esperança que havia sido e a desilusão que era. Guardando o seu retrato de bodas, Carla Elisa guardaria também o retrato de um homem que agora não queria mais lembrar, o retrato de um homem que estava prestes a tornar-se o pai do filho de outra mulher. Aquela fotografia emoldurada, ou mesmo guardada numa gaveta, continuaria conservando na sua vida um homem que havia saído dela.

Então, salomônica, ela teve a ideia irretocável. Que, no momento mesmo em que separavam-se no papel judicial os elementos daquele casal, se empunhasse a tesoura, separando-os no papel brilhante da fotografia. É provável que, na hora do corte, um pedacinho do véu dela, um canto do cotovelo dele, ou mesmo um tanto das mãos entrelaçadas de ambos tenha sido decepado. E que a nesga de um tenha ido parar na parte que coube ao outro. Se assim aconteceu, a tesoura fez justiça, repetindo apenas a realidade, em que pequenas mutilações foram inevitáveis e em que, ao fim do casamento, surpreendeu-se um possuindo pequenas partes do outro, descobriu-se o outro ainda um pouco habitado pelo um.

Riu o advogado, sorriu mais discreto o juiz. Só Carla Elisa não riu. Guardou a tesoura e levou para casa seu único bem, a fotografia em que aparece sozinha e gloriosa.

QUESTÕES INCÔMODAS

DE QUEM SÃO OS MENINOS DE RUA?

Eu, na rua, com pressa, e o menino segurou no meu braço, falou qualquer coisa que não entendi. Fui logo dizendo que não tinha, certa de que ele estava pedindo dinheiro. Não estava. Queria saber a hora.

Talvez não fosse um Menino De Família, mas também não era um Menino De Rua. É assim que a gente divide. Menino De Família é aquele bem-vestido com tênis da moda e camiseta de marca, que usa relógio e a mãe dá outro se o dele for roubado por um Menino De Rua. Menino De Rua é aquele que quando a gente passa perto segura a bolsa com força porque pensa que ele é pivete, trombadinha, ladrão.

Ouvindo essas expressões tem-se a impressão de que as coisas se passam muito naturalmente, uns nascendo De Família, outros nascendo De Rua. Como se a rua, e não uma família, não um pai e uma mãe, ou mesmo apenas uma mãe os tivesse gerado, sendo eles filhos diretos dos paralelepípedos e das calçadas, diferentes, portanto, das outras crianças, e excluídos das preocupações que temos com elas. É por isso, talvez, que, se vemos uma criança bem-vestida chorando sozinha num *shopping center* ou num supermercado, logo nos acercamos protetores, perguntando se está perdida, ou precisando de alguma coisa. Mas se vemos uma criança maltrapilha chorando num sinal com uma caixa de chicletes na mão, engrenamos a primeira no carro e nos afastamos pensando vagamente no seu abandono.

Na verdade, não existem meninos DE rua. Existem meninos NA rua. E toda vez que um menino está NA rua é porque alguém o botou lá. Os meninos não vão sozinhos aos lugares.

Assim como são *postos* no mundo, durante muitos anos também são postos onde quer que estejam. Resta ver quem os põe na rua. E por quê.

No Brasil temos 36 milhões de crianças carentes. Na China existem 35 milhões de crianças superprotegidas. São filhos únicos resultantes da campanha Cada Casal um Filho, criada pelo governo em 1979 para evitar o crescimento populacional. O filho único, por receber afeto "em demasia", torna-se egoísta, preguiçoso, dependente, e seu rendimento é inferior ao de uma criança com irmãos. Para contornar o problema, já existem na China 30 mil escolas especiais. Mas os educadores admitem que "ainda não foram desenvolvidos métodos eficazes para eliminar as deficiências dos filhos únicos".

O Brasil está mais adiantado. Nossos educadores sabem perfeitamente o que seria necessário para eliminar as deficiências das crianças carentes. Mas aqui também os "métodos ainda não foram desenvolvidos".

Quando eu era criança, ouvi contar muitas vezes a história de João e Maria, dois irmãos filhos de pobres lenhadores, em cuja casa a fome chegou a um ponto em que, não havendo mais comida nenhuma, foram levados pelo pai ao bosque, e ali abandonados. Não creio que os 7 milhões de crianças brasileiras abandonadas conheçam a história de João e Maria. Se conhecessem talvez nem vissem a semelhança. Pois João e Maria tinham uma casa de verdade, um casal de pais, roupas e sapatos. João e Maria tinham começado a vida como Meninos De Família, e pelas mãos do pai foram levados ao abandono.

Quem leva nossas crianças ao abandono? Quando dizemos "crianças abandonadas" subentendemos que foram abandonadas pela família, pelos pais. E, embora penalizados, circunscrevemos o problema ao âmbito familiar, de uma família gigantesca e generalizada, à qual não pertencemos e com a qual não queremos nos meter. Apaziguamos assim nossa consciência, enquanto tratamos, isso sim, de cuidar amorosamente de nossos próprios filhos, aqueles que "nos pertencem".

Mas, embora uma criança possa ser abandonada pelos pais, ou duas ou dez crianças possam ser abandonadas pela família, 7 milhões de crianças só podem ser abandonadas pela coletividade. Até recentemente, tínhamos o direito de atribuir esse abandono ao governo, e responsabilizá-lo. Mas, em tempos de Nova República, quando queremos que os cidadãos sejam o governo, já não podemos apenas passar adiante a responsabilidade.

A hora chegou, portanto, de irmos ao bosque, buscar as crianças brasileiras que ali foram deixadas.

EU SEI, MAS NÃO DEVIA

Eu sei que a gente se acostuma. Mas não devia.

A gente se acostuma a morar em apartamentos de fundos e a não ter outra vista que não as janelas ao redor. E, porque não tem vista, logo se acostuma a não olhar para fora. E, porque não olha para fora, logo se acostuma a não abrir de todo as cortinas. E, porque não abre as cortinas, logo se acostuma a acender mais cedo a luz. E, à medida que se acostuma, esquece o sol, esquece o ar, esquece a amplidão.

A gente se acostuma a acordar de manhã sobressaltado porque está na hora. A tomar o café correndo porque está atrasado. A ler o jornal no ônibus porque não pode perder o tempo da viagem. A comer sanduíche porque não dá para almoçar. A sair do trabalho porque já é noite. A cochilar no ônibus porque está cansado. A deitar cedo e dormir pesado sem ter vivido o dia.

A gente se acostuma a abrir o jornal e a ler sobre a guerra. E, aceitando a guerra, aceita os mortos e que haja números para os mortos. E, aceitando os números, aceita não acreditar nas negociações de paz. E, não acreditando nas negociações de paz, aceita ler todo dia da guerra, dos números, da longa duração.

A gente se acostuma a esperar o dia inteiro e ouvir no telefone: hoje não posso ir. A sorrir para as pessoas sem receber um sorriso de volta. A ser ignorado quando precisava tanto ser visto.

A gente se acostuma a pagar por tudo o que deseja e o de que necessita. E a lutar para ganhar o dinheiro com que pagar. E a ganhar menos do que precisa. E a fazer fila para pagar. E a pagar mais do que as coisas valem. E a saber que cada vez pagará mais. E a procurar mais trabalho, para ganhar mais dinheiro, para ter com que pagar nas filas em que se cobra.

A gente se acostuma a andar na rua e ver cartazes. A abrir as revistas e ver anúncios. A ligar a televisão e assistir a comerciais. A ir ao cinema e engolir publicidade. A ser instigado, conduzido, desnorteado, lançado na infindável catarata dos produtos.

A gente se acostuma à poluição. Às salas fechadas de ar-condicionado e cheiro de cigarro. À luz artificial de ligeiro tremor. Ao choque que os olhos levam na luz natural. Às bactérias da água potável. À contaminação da água do mar. À lenta morte dos rios. Se acostuma a não ouvir passarinho, a não ter galo de madrugada, a temer a hidrofobia dos cães, a não colher fruta no pé, a não ter sequer uma planta.

A gente se acostuma a coisas demais, para não sofrer. Em doses pequenas, tentando não perceber, vai afastando uma dor aqui, um ressentimento ali, uma revolta acolá. Se o cinema está cheio, a gente senta na primeira fila e torce um pouco o pescoço. Se a praia está contaminada, a gente molha só os pés e sua no resto do corpo. Se o trabalho está duro, a gente se consola pensando no fim de semana. E se no fim de semana não há muito o que fazer a gente vai dormir cedo e ainda fica satisfeito porque tem sempre sono atrasado.

A gente se acostuma para não se ralar na aspereza, para preservar a pele. Se acostuma para evitar feridas, sangramentos, para esquivar-se de faca e baioneta, para poupar o peito. A gente se acostuma para poupar a vida. Que aos poucos se gasta, e que, gasta de tanto acostumar, se perde de si mesma.

UMA PERGUNTA QUE NOS CABE RESPONDER

Na lúcida e sofrida entrevista da senadora Patrícia Saboya Gomes, sobre prostituição infantil, feita na semana passada por Alan Gripp, me detenho em uma pergunta. "O que leva uma criança a vender seu corpo por R$1,99?"

A pergunta não é feita somente à senadora, é feita a todos nós, e todos nós a fazemos, violentados que fomos pelo noticiário recente. Tento responder, como me cabe.

A criança vende seu corpo porque é a única coisa que tem para vender. E porque o que vê à sua volta lhe diz que corpos – e almas – podem ser vendidos. Há um bom mercado para eles.

Desde que o tempo é tempo, vendem-se coisas para obter dinheiro com que comprar outras coisas que estejam à venda. O produto principal a comprar, para essas crianças, é a sobrevivência. E elas veem gente se vendendo por muito menos do que isso.

Nem é aleatório o preço de R$1,99. Exatas como analistas do mercado, as crianças – ou quem as comercializa – apreçaram seu corpo de acordo com o valor que a sociedade lhe atribui. R$1,99 é o preço mínimo, o preço/chamariz daquelas lojas em que, por uma ninharia, se vendem artigos de qualidade ínfima e utilidade questionável. Ninguém resiste à aparente pechincha, comprar artigos que quase nada valem, por um preço que quase nada custa. E por quase nada as crianças se oferecem nos postos de gasolina, nas calçadas, na beira de estradas, artigos de terceira que a sociedade despreza, objetos descartados que buscam no 1,99 um mínimo valor.

Deixar-se usar sexualmente é uma maneira de dizer "eu tenho utilidade". Dar prazer pode ser a única maneira de dizer "eu também tenho algo para dar". Obedientes aos modernos princípios ecológicos, as crianças que a sociedade joga fora operam um processo de reciclagem fazendo-se usar para algo que não era sua função primeira. Como o lixo.

E há aquelas, tão pequenas, tão desprotegidas, que sequer valem R$1,99. São as de 4 ou 5 anos que praticam sexo oral por R$0,50. Na seleção de frutas para o mercado, as mais miradas, as que ninguém compraria, vão para os porcos. O mesmo princípio está sendo aplicado às crianças. E os porcos as levam para os matagais e para os cantos escuros, onde chafurdam e as cobrem de lama.

Não é a escolha das crianças que abre poços de interrogação na minha alma. As crianças são aprendizes, põem em prática ensinamentos de vida que recebem dos adultos, e são reféns, obedecem aos constrangimentos que lhes são impostos. Nem me espantam os que as comercializam. Os seres humanos, e nisso não avançamos nem uma fração de milímetro ao longo da história, são capazes de qualquer coisa por dinheiro e nunca hesitaram em sujeitar o semelhante. O que, sim, me apunhala são os usuários.

Que homens são esses que querem uma boca pequena demais até para contê-los? Que bestas são essas que preferem crianças impúberes e humilhadas a mulheres adultas e conscientes? Que alcateia medonha é essa que estamos alimentando com a carne dos nossos pequenos, e que só faz crescer?

Patrícia, que em 2004 presidiu a CPI da Exploração Sexual Infantil, chegou a falar com o presidente. Mostrando-se sensibilizado, Lula, entretanto, "deixou claro que não é uma prioridade do governo dele". Não é prioridade do governo dele, assim como não o foi dos anteriores. O genocídio sexual de que são vítimas nossas crianças carentes é tema secundário para aqueles que, constitucionalmente, são responsáveis por elas. Resta ver se também é secundário para nós ou se, como Patrícia, vamos tentar defendê-las.

QUANDO O HOMEM É O LOBO DA MULHER

Minha filha está com medo. Minha filha tem vinte anos e está com medo dos vigias, dos porteiros, dos choferes de táxi, dos entregadores, dos consertadores de eletrodomésticos. Minha filha está com medo de todos os homens, porque aos olhos de uma mulher todos os homens podem conter o homem que, escondido sob a aparência de normalidade, transforma-se de repente naquele que a agride, a estupra e a joga vazada em sangue no fundo de um matagal.

Minha filha não foi criada para ter medo. Mas, agora que o tem, não me cabe tranquilizá-la. Não me cabe dizer-lhe que nem todos os homens são aquele homem, porque eu própria não sei que homem é aquele e se pretende, algum dia, bater à nossa porta. E, não sabendo qual é o rosto daquele homem, não posso dizer à minha filha para ter medo só dele, e apascentar-se tranquila junto aos outros, porque nada me garante que ele não esteja entre esses, e deles não seja o mais probo.

Uma ovelha, quando vê aproximar-se um lobo, não hesita. Ela sabe que o lobo é seu inimigo e quererá cravar-lhe os dentes no pescoço. Não é esse ou aquele lobo que ela tem que temer. Mas todos, indistintamente. E um lobo é fácil de reconhecer, mesmo entre outros animais.

Mas um estuprador não é um lobo. É um homem que sorri como todos, e que até o momento preciso em que puxa uma faca e a encosta no peito de uma mulher é um bom pai de família, ou um querido filho, amigo de seus amigos. Um estuprador não se reconhece de longe. Nem de perto. E muito menos quando está no meio dos outros que, embora sendo homens como ele, não são da sua espécie.

Mas as mulheres são todas ovelhas. Caminha a mulher na estrada, à noite, voltando da casa da comadre. Os carros passam em velocidade, iluminando-a de costas. Ela anda aproveitando a luz desses carros para enxergar na escuridão. Não tem medo. Já fez esse trajeto muitas vezes, e nada aconteceu. Mas, se uma luz a banhar por trás e não seguir caminho, se ela ouvir os pneus parando lentamente a seu lado, o coração disparará em pânico, e ela terá por um instante a certeza de ter sido escolhida.

De costas, no escuro. Nada disso importa. Toda mulher é uma ovelha. E para o lobo uma ovelha é igual a outra ovelha.

Em Nova York, de cada dez mulheres que moram sozinhas, cinco serão estupradas. As dez jogam com as leis da probabilidade. Só cinco ganham. Em Nova York ser mulher é mais perigoso do que fazer roleta-russa, porque só há uma probabilidade de a bala encontrar a têmpora, contra cinco de o tambor estar vazio.

Aqui não vivemos por estatísticas. Minha filha precisa ir ao subúrbio e está com medo. O subúrbio, lhe digo, não é mais perigoso que os outros lugares; mas, quando estiver em casa sozinha, tranque bem a porta, e não abra para estranhos. E quem garante que o estuprador seja um estranho?

Em geral, não é. A maioria dos casos de estupro acontece com homens conhecidos, frequentadores da família, pessoas de bem, amigos e parentes. Esses não cravam a faca no peito da mulher, não a jogam morta nos matos ou águas. Esses não têm medo do reconhecimento, da denúncia. Porque é dito e explicado que se denúncia houver eles estuprarão aquela mulher uma segunda e uma terceira vez, com suas palavras, em público, dizendo que foram seduzidos, provocados, e descrevendo em detalhes como aquela mulher os arrastou ao gesto insensato.

Toda mulher sabe que, embora bebendo rio abaixo, está sempre sujeita a poluir a água em cuja cabeceira o lobo bebe. E de nada adiantará argumentar, porque desde sempre os lobos são donos do rio, e foram eles que estabeleceram suas leis. O rio, nesta fábula, não pertence à floresta.

Minha filha está com medo. E, quando sai à noite, prefiro que não volte de táxi, porque táxi é perigoso, não gosto que volte de ônibus, porque há muito perigo, e não lhe dou um carro, porque carros entram em garagens, e garagens também podem ser muito perigosas. Então ela vai com seu medo, e eu fico com o meu, rezando ambas para que as leis da probabilidade a favoreçam, e não se acenda olhar de lobo por trás de uma máscara de homem.

A PESCARIA DO DEPUTADO

Há gestos que reconfortam o coração. Chego de viagem e encontro em minha mesa um mimo trazido pelo correio, coisa tão delicada que bem poderia ter sido transportada por bico de pombo. É um bilhete vindo de Brasília, mais precisamente do gabinete de um deputado federal, ilustre como o são todos os representantes do povo. O envelope timbrado com as armas da República, filigranado em delicado cinza enquanto delicado amarelo faz a filigrana da etiqueta autoadesiva, trai a abastança. Leio no bilhete:

Brasilia, de janeiro de 1993.
Que a passagem desta data traga a cada ano mais felicidades, parabens. Um abraço.

Segue-se a assinatura que, em retribuição à gentileza, omito. Faltam alguns acentos, o que não espanta, uma vez que a ortografia entre nós há muitos deixou de ser um *must*. E falta um pequeno detalhe: a data pela qual estou sendo parabenizada. Fosse eu mais mesquinha, e acreditaria num esquecimento; na pressa de tantos bilhetes a mandar; tantas pessoas a parabenizar, tantos votos de felicidade a espargir, esqueceram-se de preencher aquele espaço deixado propositalmente em branco no bilhete todo impresso – assinatura inclusive, é claro.

Mas não posso crer em desleixo ou esquecimento quando se trata do erário público. Recuso-me a acreditar que o caro papel, a cara impressão, o caro envelope filigranado, o caro trabalho dos funcionários, o caro trânsito via correio tenham sido malbaratados por descuido. Não. Prefiro pensar que o próprio deputado, transbordante de generosidade, ordenou a omissão da data, a fim de que seus parabéns e seus desejos de felicidade se estendessem ao mês inteiro.

Procuro em minha biografia algo que me faça merecedora de congratulações no mês de janeiro. Não foi nesse mês que nasci. Sou libriana convicta, nascida no doce setembro, e não trocaria essa data nem mesmo para vir ao encontro do gentil deputado. Nem foi em janeiro que casei, ou que nasceu qualquer das minhas duas filhas. Meu primeiro livro não foi publicado em janeiro. Nem o meu mais recente. E, mesmo recuando no tempo, não consigo localizar em janeiro nenhum fato relevante, nem o primeiro beijo nem o primeiro biquíni, nem o dia em que passei no exame de motorista, ou aquele em que escalei a pedra da Gávea. Nem mesmo a magna data da minha vinda para o Brasil cai em janeiro. Janeiro é para mim apenas um rubro poço de calor e férias.

Talvez o deputado, ainda imbuído da recente modernidade, estivesse se referindo ao presente, ao aqui e agora. Estaria me parabenizando por ter conseguido pagar o IPTU? Por ter aguentado o tranco dos aumentos ou por ter pago o seguro do carro? Mereço louvores, é certo, mas quem sabe o deputado mirava mais fundo, no delicado alvo ideológico, parabenizando-me porque resisto, porque começo mais um ano em plena crise sem rasgar meu atestado de naturalização, porque viajo mas teimo em voltar, porque mais uma vez pescando a esperança ou o que dela resta no fundo, bem no fundo, do meu ser murmuro teimosa, "vai dar certo"?

O que mais me comove é que o deputado me deseje essa felicidade toda sem sequer me conhecer. Não é como o supermercado da esquina que uma vez por ano me manda um cartão de parabéns mas ao longo do ano, semana após semana, vai empilhando meus cheques. Não é como a butique onde comprei uma vez, faz tempo, e desde então me manda felicitações no aniversário na esperança de que eu volte. Esses também não são meus íntimos, posso dizer até que não me conhecem, mas conhecem a cor do meu dinheiro, o meu perfil de consumidora. Já o deputado nunca viu a cor do meu voto, ignora meu pensamento político, e não tem nenhuma razão, sequer remota, para acreditar que algum dia eu venha a depositar o seu nome na urna.

Olho o bilhete, e volta-me à memória a reportagem que vi recentemente na tevê, dos pescadores do Pantanal que lançam nos rios redes enormes, numa espécie de arrastão em que se pega tudo o que na água nada ou rasteja. Sem distinção. O ilustre deputado parece-me adepto desse tipo de pescaria. Manda centenas e centenas de bilhetes. Se duas dúzias de parabenizados ficarem comovidos, já é lucro. O comovido de hoje pode ser o eleitor de amanhã. O que cai na rede é peixe.

Mas a reportagem da tevê dizia que de tanto pescar com redes indiscriminadas os pescadores estão acabando com as reservas de peixes do Pantanal. A continuar assim, em breve não haverá mais um. A pesca indiscriminada não é um bom negócio. E eu mesma sou obrigada a confessar: apesar da delicadeza do gesto, um bilhete como esse que o deputado me mandou é motivo suficiente para que eu nunca vote nele.

ALGUNS OUTROS AMORES

UM GESTO

Vinha voltando para casa, quando o carro na minha frente parou no sinal. O homem que o dirigia levantou um braço, passou a mão na nuca, e tornou a apoiá-la no volante.

Eu pensei num relance: é o Tom. Aí percebi o que tinha pensado, e achei graça. Imagina, o Tom. Nem sei se ele está no Rio nesses dias. E se estivesse, não havia de ser num gesto tão rápido que o reconheceria.

Na verdade, nunca estive muito tempo com Tom. Encontros esporádicos no meio de outros amigos, uma ou outra mesa de bar, anos sem se ver. Conheço ele há bastante tempo, mas com aquela intimidade meio distante com que a gente conhece as pessoas de Ipanema, intimidade feita só de carinho. Já tive amigas apaixonadas por ele, amigos que o admiram. Já falei e ouvi falar dele, especulações mais do que realidade. Vi muitas fotografias, ouvi muita música. Mas os gestos, não sei não.

Tentei me lembrar dos gestos de Tom, das suas mãos. Por mais que procurasse, achei só os dedos segurando o cigarro, a mão no tampo da mesa ou tirando os cabelos dos olhos. Mais nada. Percebi não saber se Tom gesticula quando fala e, se o faz, como o faz. Percebi que absolutamente não sei como se mexe.

Sem tirar os olhos do homem, procurei ver o que via. Os ombros, o pescoço, a cabeça. Nem um pedaço de rosto, nem uma fatia de perfil. Não tinha sequer cabelos compridos. Só aquele pedacinho de pessoa acima do assento do carro, aquele pouco que podia ser de qualquer um.

E no entanto, por um instante, eu tinha tido a certeza de que o homem do carro na frente do meu era Tom Jobim. A mesma certeza com que a gente reconhece uma silhueta na praia ao longe entre tantas outras silhuetas, ou aquela segurança imediata que nos faz desviar os olhos ao perceber na multidão o olhar do inimigo. Alguma coisa em mim sabia antes de mim mesma. E era, naquele fim de tarde, uma forma de posse.

Sentada no carro à espera que se abrisse o sinal, usufruí lenta e docemente meu possuir. Amei Tom por tê-lo reconhecido através de um gesto que eu desconhecia, pela possibilidade do encontro. Pensei que em qualquer lugar o reconheceria de longe, e sorri contente com essa certeza. Tom passou a ser uma pessoa que eu nunca perderia.

E ele ali, parado, sem saber, completamente indefeso. Poderia tê-lo odiado, se quisesse.

O sinal abriu, o carro seguiu em frente. Eu acelerei, passei por ele. Tom me viu, e acenou sorrindo para mim com aquela intimidade distante das gentes de Ipanema, sem saber que havíamos estado tão próximos.

CLARICE, PERTO DO CORAÇÃO

Eu não sabia que Clarice pintava. Ou talvez tenha sabido em algum momento e esquecido em outro. Se soube, foi porém depois da sua morte, porque nunca falei com ela de cores. Quando li agora, no jornal, pareceu-me uma coisa nova. Acho que tive uma ponta de ciúmes. Como é que Clarice pintava e nunca me disse nada? A mim, que pinto e teria gostado tanto dessa cumplicidade, de entrar com ela em terreno outro, de acompanhá-la na tal caverna que ela dizia ter pintado, caverna de estalactites e um cavalo louro. Mas como saber onde Clarice nos levaria – e quando –, ela tão secreta e ao mesmo tempo exposta, tão cheia de esquinas além das quais tudo podia acontecer? E por que me entregaria esse presente, se talvez nem soubesse que eu teria gostado? Não, nunca me falou da pintura que andava inventando para si, nem naquela entrevista que fizemos com ela para o MIS, Affonso e eu, naquele dia em que ela chegou, bonita e tão alegre no seu casaco marrom – acho que era camurça –, embora não estivesse nada frio. Nem na vez em que veio jantar em minha casa e não ficou para o jantar porque lhe deu dor de cabeça. Nem quando estivemos juntas em Brasília, nos últimos tempos, ela já tão frágil pedindo um xale para se proteger da noite. De pintura nunca falou. Falou de cartomantes, de pombos brancos, de mocassins, mas de pintura nunca. No entanto, comentou com alguém: "Minha pintura não tem palavras: fica atrás do pensamento." E eu me pergunto se ao dizer isso ela sabia que seu texto, embora feito de palavras, também ficava, como a sua pintura, sempre atrás do pensamento, e que era sempre atrás do pensamento, da hermética clareza do seu pensamento, que ela devia ser procurada. "Tenho uma notícia ruim para te dar," me disse Affonso uma noite, de pé os dois diante do espelho do banheiro. E meu coração se confrangeu. Agora já se passaram 15 anos. Surpreende-me que sejam tantos. Continuamos, como antes, falando dela, do seu escrever, do seu jeito de ser. E esse falar, que passados os primeiros dias tornou-se sereno, meio que apagou o limite, a fronteira entre o momento em que Clarice estava ali no Leme, podendo aparecer a qualquer momento através de um telefonema ou um novo livro, e aquele em que estava somente na escrita. Agora leio 15 anos e me parecem excessivos, estranhos ao nosso diálogo. Também os 52 de idade me parecem equivocados. Que tivesse 52 anos eu sabia então, mas ainda não conhecia esse tempo em meu próprio corpo, eram um número, uma abstração, que me pareciam servir para ela, como qualquer outra idade teria servido. Ela atemporal, antiquíssima. Assim era a primeira vez que a vi, ou talvez não, a primeira vez que fui à sua casa levada a reboque por um colega jornalista, eu jovem adorante, ela mal me olhando, mas olhando, com aqueles olhos rasgados que rasgavam o mundo a seu modo, as mãos grandes e duas pulseiras de cobre batido, uma em cada pulso, como grilhões rompidos. Altíssima me pareceu, vinda de longe. Não era alta, percebi mais tarde, mas vinha mais de longe do que eu pude ver aquela primeira vez. Depois, como que encolheu. O corpo de Clarice não aguentava Clarice. Foi lhe cedendo o passo. Ela crescia e ele se alquebrava. Gemia como barco em tempestade. Mandava recados. Pedia socorro. E ela nada. Usava-o como se usa coisa alheia, sem reverência, embora gostasse de enfeitá-lo. Ele ensaiava rebeliões, caía, tropeçava. Ela lhe dava ordens, exigindo que aguentasse a alta voltagem da sua criação. Ele adoecia, ameaçava apeá-la. Ela continuava lançando carvão nas caldeiras, trancada ali dentro, com as mãos deformadas pelo incêndio, com o rosto repuxado por uma plástica, com as costas encurvadas por imposição das vértebras, ali dentro faiscando, luzindo, cometa em esplendor. Servia-lhe, porém, a fragilidade do corpo. Angariava amparo para a fragilidade maior, aquela que a levava de manhã cedíssimo à janela ou ao telefone, em pânico porque achava que não tinha mais nada a escrever, e que a fazia suspirar à noite porque não conseguia livrar-se da condenação da escrita. Pergunto-me se foi nesses momentos que começou a pintar, a seguir com o pincel os veios da madeira. Hoje leio que tinha 52 anos ao morrer e me parecem poucos para aquele corpo tão acabado, pouquíssimos para pôr fim a uma criação tão vigorosa. Tinha 52 anos e dali a pouco a fama ia chegar, a fama grande, maior, aquela à qual ela sempre soube que tinha direito. Antes dos sessenta, se apenas os alcançasse, seria reverenciada no mundo inteiro, considerada grande luz da literatura brasileira. Mas o corpo não lhe permitiu esperar. No duelo entre os dois, ele venceu o primeiro round. Ela, porém, acabou vencendo o segundo. Demonstrou aquilo que também sempre havia sabido, que não precisava do corpo para viver. "Você matou minha personagem", disse para a enfermeira na hora de morrer. O corpo para Clarice era uma ficção, uma personagem. Real era ela.

O AMOR ETERNO PASSEIA DE ÔNIBUS

Vou atribuir esta história ao Rubem Braga. Primeiro, porque acho que foi ele que me contou há muito tempo. Segundo, porque, se não foi ele, deveria ter sido, já que a história tem toda a cara de Rubem Braga.

Pois bem, antigo apaixonado pela praia e observador atento de seus frequentadores, Rubem reparava num casal de velhinhos que todo dia, ao final da tarde, passeava na calçada. Iam de mãos dadas, olhando as ondas, trocando uma poucas palavras, sem pressa, como quem já se disse tudo o que havia de importante para dizer. Às vezes levavam um cão, outras vezes iam sozinhos. Tinham um ar doce e apaziguado que encantava Rubem. Afinal, dizia-se o cronista olhando o casal, o amor é possível e, na nossa pequena medida, pode até mesmo ser eterno.

A vida quis que um dia Rubem conhecesse uma jovem senhora, a qual se revelaria adiante parente do casal de velhinhos. E foi por ela, numa tarde em que louvava encantado o amor daqueles dois, que Rubem ficou sabendo a verdade. Há muito não se amavam, viviam uma vida de fachada por causa dos filhos e netos. Na verdade, ele a odiava e ela o desprezava.

Lembrei-me desta história ontem, viajando de ônibus. Sacolejávamo-nos coletivamente irmanados em plena normalidade quando, numa parada o casal subiu. Eram velhinhos os dois, de uma faixa em que os anos haviam perdido a definição, e já não tinham idade aparente, transformados apenas em demonstração de sobrevivência. Cabeças brancas, ossaturas frágeis, uma hesitação nos gestos, e magros. Assim eram parecidos. E mais além, naquilo que o tempo, trabalhando sobre os rostos outrora jovens, havia acrescentado, moldando em carne, rugas e expressão as semelhanças que um refletia sobre o outro, no interminável jogo de espelhos da convivência.

Pelo retrovisor, o motorista viu-lhes as cabeças brancas e a fragilidade, e, com imprevisível delicadeza, esperou, para arrancar até que estivessem seguros. De esguelha, os passageiros do ônibus olhavam para eles. Viram quando ele deu a vez para que ela sentasse à janela, quando a ajudou com a bolsa, repararam no gesto instintivo com que se aproximaram um do outro no assento. Vagos sorrisos de ternura suavizaram os lábios dos passageiros do ônibus. Já não sacolejávamos em plena rotina. Algo de diferente havia acontecido.

Alguns quarteirões adiante ele puxou a cordinha, e repetiu-se a cerimônia. O motorista esperou solícito. Ele cedeu a vez à mulher, ajudou-a com a bolsa, foi conduzindo-a pelo braço até a porta, e desceu à sua frente para ajudá-la a saltar. Ninguém se impacientou. Os que estavam sentados do lado direito do ônibus ainda ficaram a vê-los na calçada, enquanto se encaminhavam hesitantes, de braços dados rumo à esquina.

Ao meu lado, o senhor corpulento não resistiu. Sorriu abertamente, e saiu-se num longo discurso de exaltação do amor e das suas possibilidades nesse mundo de máquinas e violência. Outros passageiros comentavam entre si. O coração coletivo daquele ônibus seguia mais leve, como se tivesse assistido à confirmação de um milagre.

Lembrei-me então da história do Rubem. Ele a odiava e ela o desprezava. Nada, além dos gestos delicados, garantia à pequena população do ônibus que aquele casal se amava realmente. E os gestos delicados podem ser apenas reflexo de formação, como demonstra qualquer mordomo. O amor encontra outros meios de se manifestar. Mas nós vimos aquilo que queríamos ver. Para as pessoas todas que ali estavam, de repente tornou-se importante acreditar que o casal de velhinhos se amava, se não com a mesma violência, pelo menos com a mesma ternura com que havia começado a se amar tantos anos antes.

Já não se tratava dos velhinhos pessoalmente. Eles haviam-se transformado em símbolo. Cada passageiro daquele ônibus via neles a sua própria possibilidade de amar e ser amado até a decrepitude, até o fim da vida. Na manhã antes insípida, os velhinhos encarnavam o mito do amor eterno. E o mito passeava de ônibus, para que todos o vissem, e levassem adiante a boa-nova.

Talvez, discretos, meus companheiros de viagem não tenham saído por aí alardeando o acontecido. Mas é certo que se sentiram reconfortados, e de si para si cada um murmurou por um instante: "O amor eterno existe. Eu vi um".

ÚLTIMA CONVERSA COM OTTO

E assim foi que, já em marcha o último bonde do ano, embarcados todos ou quase todos, mas faltando você que aparentemente não tinha assento reservado, que não tinha motivo nenhum para ir, você que estava com papel na máquina e tantos textos na ponta dos dedos, que guardava ainda frases para dizer e sorrisos para dar, aqueles seus sorrisos estreitos e longos em que só os dentes de baixo apareciam quase a resguardar a ternura, assim foi que você de repente levantou o braço pedindo ao motorneiro um instante de paciência, subiu no bonde e se foi, justo a tempo de começar o ano em outro lugar. E ficamos nós nesse cais, acenando, agitando as lembranças ao alto em despedida, como se fossem lenços.

Quando te conheci, não foi a mesma data em que você me conheceu. Nem sempre as pessoas se conhecem no mesmo momento. Eu era jovenzíssima, nem jornalista ainda, e fui, como todos fomos, àquela gloriosa noite de autógrafos da Editora do Autor, no Clube Marimbás, naquele glorioso tempo em que noites de autógrafos eram bem mais do que uma operação de marketing. Vocês escritores todos atrás da grande mesa, nós leitores todos nos acotovelando para chegar perto. E, de repente, lá estava eu diante de você. "É o Otto Lara Rezende", disse a minha amiga. E eu basbaque como quem vê uma aparição porque, confesso o lugar-comum, pensava que você fosse somente personagem.

Você a mim foi conhecendo aos poucos. Talvez tenha reparado um dia num olho, outro dia numa mecha de cabelo ou no nariz, no gesto da mão, consolidando progressivamente a cara da moça que cruzava, cada vez com mais frequência, o seu caminho. Porque depois houve aquele período em que eu namorava o moço, nem tão moço, amigo seu. Às vezes saindo à noite, passávamos de carro na frente do seu prédio, aquele onde você morava então, nos primeiros contrafortes da Gávea. A luz estava sempre acesa, havia gente, eu me surpreendia que sempre houvesse gente. Nós parávamos o carro, o moço não tão moço assobiava, dali a pouco você aparecia na janela. Subam, gritava baixinho lá do terceiro andar. E o moço invariavelmente dizia, vou estacionar, e vamos aí tomar um cafezinho. Aí você voltava para dentro à nossa espera, a gente não estacionava nem subia, ia embora sorrindo como se de fato tivéssemos estado juntos. E eu sempre pensava que devia estar muito bom na sua casa.

Já nos conhecíamos de verdade quando você, diretor do JB, ficava naquela salona, e eu batalhando no B ia visitá-lo de vez em quando. Você sempre tinha balas na gaveta, eu brincava, dizia que devia fazer uma trilha com elas pelo chão, da porta à mesa, para atrair pessoas como se atraem passarinhos. Você sorria, sabendo bem que não precisava de iscas, mas respondia que nem com açúcar conseguiria atrair quem quer que fosse. Já naquela época dizia-se velho e triste, embora visivelmente não fosse nem uma coisa nem outra, ameaçado de tristeza talvez, mas sem muita rendição.

Houve uma ocasião em que quis entrevistar vocês, o quarteto mineiro junto. Nem lembro mais que programa era aquele que eu fazia, na TVE, mas lembro bem de vocês, constrangidos, com jeito de só terem concordado por dever de amizade. Paulinho na última hora deu o bolo e vocês se vingaram do abandono falando amorosamente mal dele. O ausente, disse você, era sempre malhado. Mas antes de a gente começar a gravar, quase em surdina, me pediu para não fazer nenhuma pergunta constrangedora. Por constrangedora, sabíamos ambos queria dizer qualquer coisa que se relacionasse com feminismo ou machismo, com homem-mulher, com o tema do amor levado a sério. Temia que, deixando a amizade de lado, a feminista tentasse encurralar, ao vivo e em cores, o doce conservador mineiro.

Estivemos juntos, com Helena, em Ouro Preto, estivemos juntos em Washington, estivemos juntos em alguns congressos e em incontáveis casas de amigos. Não conversamos tanto quanto eu teria gostado, porém. Tenho, a distância, a impressão de que sobretudo ouvi. Você, o grande contador de histórias, o falante sedutor, era muito recatado. A sua me pareceu sempre uma fala blindex, um colete de fala à prova de perguntas. Falando você se antecipava a qualquer possível intromissão. E encantava, ah! como encantava.

O bonde já sumiu. Você nos sorriu ainda por algumas horas nas páginas dos jornais, na televisão. Mas 93 começa e sei, com tristeza, que daqui para a frente, nos congressos e nas casas dos amigos, não te encontro mais.

BIBLIOGRAFIA
(Dados da primeira edição de cada livro)

CRÔNICA

Nada na manga. Rio de Janeiro: Nova Fronteira/Edições Jornal do Brasil, 1973.

Eu sei, mas não devia. Rio de Janeiro: Rocco, 1995.

A casa das palavras. São Paulo: Ática, 2001.

Os últimos lírios no estojo de seda. Belo Horizonte: Leitura, 2006.

POESIA

Rota de colisão. Rio de Janeiro: Rocco, 1993.

Gargantas abertas. Rio de Janeiro: Rocco, 1998.

Cada bicho seu capricho. São Paulo: Global, 2000.

Fino sangue. Rio de Janeiro: Record, 2005.

Minha ilha maravilha. São Paulo: Ática, 2007.

Poesia em 4 tempos. São Paulo: Global, 2008.

Passageira em trânsito. Rio de Janeiro: Record, 2009.

CONTO

Zooilógico. Rio de Janeiro: Imago, 1975.

Uma ideia toda azul. Rio de Janeiro: Nórdica, 1979 [São Paulo: Global, 2002].

Doze reis e a moça no labirinto do vento. Rio de Janeiro: Nórdica, 1982 [São Paulo: Global, 2001].

A menina arco-íris. São Paulo: Rocco, 1984 [Global, 2001].

O lobo e o carneiro no sonho da menina. São Paulo: Cultrix, 1985 [Global, 2001].

Uma estrada junto ao rio. São Paulo: Cultrix, 1985 [FTD, 2005].

Contos de amor rasgados. Rio de Janeiro: Rocco, 1986.

O verde brilha no poço. São Paulo: Cia. Melhoramentos, 1986 [Global, 2001].

Será que tem asas?. São Paulo: Quinteto, 1987.

O menino que achou uma estrela. São Paulo: Cia. Melhoramentos, 1988 [Global, 2000].

Um amigo para sempre. São Paulo: Quinteto, 1988.

Ofélia, a ovelha. São Paulo: Cia. Melhoramentos, 1989 [Global, 2003].

Entre a espada e a rosa. Rio de Janeiro: Salamandra, 1992.

A moça tecelã. Rio de Janeiro: Ediouro, 1995 [São Paulo: Global, 2004].

Um amor sem palavras. São Paulo: Cia. Melhoramentos, 1995 [Global, 2001].

Histórias de amor. São Paulo: Ática, 1998.

O leopardo é um animal delicado. Rio de Janeiro: Rocco, 1998.

Um espinho de marfim e outras histórias. Porto Alegre: L&PM Pocket, 1999.

A amizade abana o rabo. São Paulo: Moderna, 2002.

O homem que não parava de crescer. São Paulo: Global, 2005.

Com certeza tenho amor. São Paulo: Global, 2009.

Do seu coração partido. São Paulo: Global, 2009.

NOVELA E ROMANCE

Eu sozinha. Rio de Janeiro: Record, 1968.

Longe como o meu querer. São Paulo: Ática, 1997.

Ana Z. aonde vai você? São Paulo: Ática, 1992.

Penélope manda lembranças. São Paulo: Ática, 2001.

23 histórias de um viajante. São Paulo: Global, 2005.

Minha tia me contou. São Paulo: Melhoramentos, 2007.

Minha guerra alheia. Rio de Janeiro: Record, 2010.

CITAÇÕES

De mulheres, sobre tudo. Rio de Janeiro: Ediouro, 1993.

Esse amor de todos nós. Rio de Janeiro: Rocco, 2000.

ARTIGOS E ENSAIOS

A nova mulher. Rio de Janeiro: Nórdica, 1980.

Mulher daqui pra frente. Rio de Janeiro: Nórdica, 1981.

E por falar em amor. Rio de Janeiro: Rocco, 1984.

Aqui entre nós. Rio de Janeiro: Rocco, 1988.

Intimidade pública. Rio de Janeiro: Rocco, 1990.

Fragatas para terras distantes. Rio de Janeiro: Record, 2004.

ANTOLOGIA DE CRÔNICAS (PARTICIPAÇÃO)

Acontece na cidade. São Paulo: Ática, 2005

TRADUÇÃO/ADAPTAÇÃO

As Aventuras de Pinóquio – História de uma marionete. São Paulo: Companhia das Letrinhas, 2002.

Era uma vez Dom Quixote. São Paulo: Global, 2005 [adaptação da obra de Miguel de Cervantes].

A menina, o coração e a casa. São Paulo: Global, 2012 [tradução da obra de María Teresa Andruetto].

BIOGRAFIA DA AUTORA

Não dá para disfarçar: Marina Colasanti faz crônicas com alegria. E notem que são décadas de produção para diferentes jornais e revistas. Se o prazer não diminuiu ao longo do tempo, continuou sempre o mesmo o requinte de linguagem, que não quer dizer rebuscamento e erudição, mas significa, simplesmente, o inarredável envolvimento com a linguagem, com a busca incansável da palavra que surpreenda o leitor e lhe dê oportunidade de novas descobertas. Daí, a sua atualidade.

Experiências da infância, a convivência com a arte, as questões feministas (ou melhor, femininas), por mais distantes ou complexas que possam parecer, viram páginas deliciosas para um público variado, mas que certamente inclui o leitor jovem.

Marina Colasanti nasceu em 1937, em Asmara, na Eritreia. Viveu em Trípoli, percorreu a Itália em constantes mudanças e transferiu-se com sua família para o Brasil. Viajar foi, desde o início, sua maneira de viver. E, desde o início, aprendeu a ver o mundo com o duplo olhar de quem pertence e ao mesmo tempo é alheio. A pluralidade de sua vida transmitiu-se à obra. Pintora e gravurista de formação, é também ilustradora de vários de seus livros. Foi publicitária, apresentadora de televisão e traduziu obras fundamentais da literatura. Jornalista e poeta, publicou livros de comportamento e de crônicas.

Sua obra é extensa e muito premiada. Em 2023, recebeu o Prêmio Machado de Assis, pela Academia Brasileira de Letras. E em 2024, foi homenageada como Personalidade Literária pelo Prêmio Jabuti.

Marina faleceu em 2025 e deixou como legado a sua potência e sensibilidade em cada palavra e linha desenhada, eternizando-se como um dos grandes nomes da literatura brasileira.

LEIA TAMBÉM

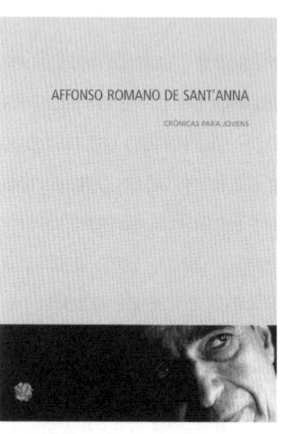

**AFFONSO ROMANO DE SANT'ANNA
CRÔNICAS PARA JOVENS**

Com humor e envolvente tom poético Affonso Romano de Sant'Anna reflete sobre questões, pequenas ou grandes, do cotidiano de todos nós.

Iluminando belezas e mazelas presentes e nem sempre percebidas, exerce o poder da arte: *tornar visível*.

Suas crônicas são um convite ao leitor para mover-se em direção à beleza e recusar o torpe.

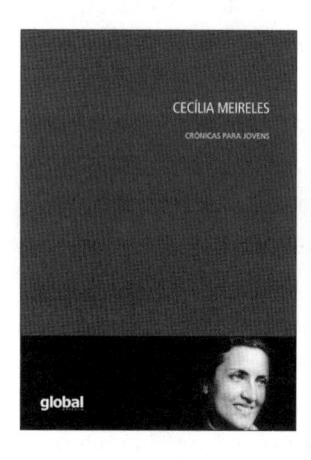

**CECÍLIA MEIRELES
CRÔNICAS PARA JOVENS**

"Dias perfeitos são esses em que não cai botão nenhum de nossa roupa, ou, se cair, uma pessoa amável aparecerá correndo, gastando o coração, para no-lo oferecer como quem oferece uma rosa..."

A crônica de Cecília Meireles tem a solidez e a delicadeza de sua obra poética. Seu tom lírico e ligeiramente desencantado com os rumos da sociedade contemporânea joga uma luz especial em situações insignificantes – alegres ou tristes – que ainda não tínhamos identificado, mas tão importantes nas nossas andanças diárias.

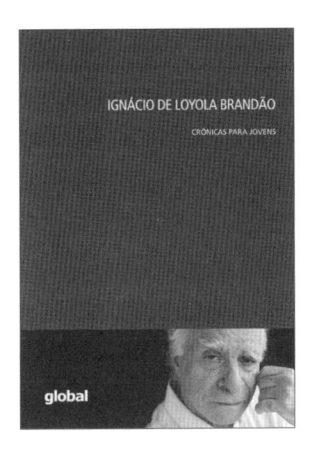

IGNÁCIO DE LOYOLA BRANDÃO
CRÔNICAS PARA JOVENS

"Viver significa, entre outras coisas, poder escrever."

Essa frase, dita por Ignácio de Loyola Brandão logo após sua longa recuperação de uma cirurgia para retirada de um aneurisma cerebral, revela o prazer com que, ainda hoje, o autor escreve suas crônicas e nos convida a pensar que, com risos e dramas, a vida sempre vale a pena.

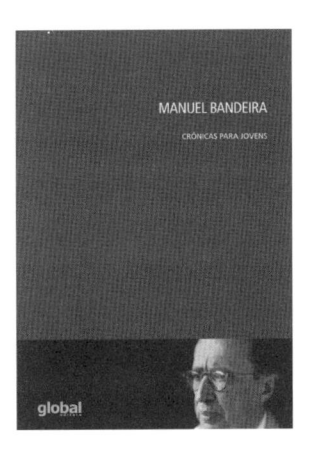

MANUEL BANDEIRA
CRÔNICAS PARA JOVENS

Talvez mais próximo do Manuel Bandeira poeta, o leitor vai se surpreender com o cronista brincalhão que se diverte e chama todo mundo para um dedo de prosa, construída de forma tão simples e tão rica.